沙粒与星辰

——奈莉·萨克斯诗选

1940-1950年

[瑞典]奈莉·萨克斯（Nelly Sachs） ——— 著

姜林静 ——— 译

上海三联书店

目 录

在死亡的居所（1947）

灰烟中你的肉体飘散在空中

033 哦，烟囱

036 致建造新屋的你们

039 哦，哭泣着的孩子的夜晚！

042 谁曾清空你们鞋里的沙？

044 即使是老者

047 亡孩如是说

048 曾有一人

051 手

054 已被天神慰藉的手臂环绕

055 是鲜血的何等隐秘愿望

057 我们早已忘记如何倾听

061 你们这些旁观者

063 阴影早已降下

死去新郎的祷词

066 蜡烛

068 夜晚，你是我眼睛的慰藉

069 或许连上帝也需要渴念

071 还有你

073 你回想起充满死亡的脚印

074 痛苦，异星的计时器

075 我看见熔炉立着的地方

076 拂晓时

077 假如我能知道

080 你的双眼

写入空中的墓志铭

082 沿街叫卖人［G.F.］

084 集市女商贩［B.M.］

085 斯宾诺莎研究者［H.H.］

087 女舞者［D.H.］

089 傻瓜［H.F.］

092　弱智姑娘［B. H.］

094　不安的人［K. F.］

096　提线木偶戏演员［K. G.］

098　女画家［M. Z.］

099　女冒险家［A. N.］

101　藏石家［E. C.］

103　溺水身亡的女人［A. N.］

104　忘记一切的女人［A. R.］

—

午夜过后的合唱曲

106　离弃之物合唱曲

110　获救者合唱曲

113　流浪者合唱曲

116　孤儿合唱曲

118　亡者合唱曲

120　影子合唱曲

123　石头合唱曲

128　星辰合唱曲

131　不可见之物合唱曲

133　云之合唱曲

134　树之合唱曲

136　安慰者合唱曲

139　未生者合唱曲

141　圣地之声

—

星辰暗淡（1949）

—

时间是旅人

150　当睡眠如烟般渗入身体

153　恳求着的天使

155　夜，夜

158　愿被害者不变成迫害者

162　你啊，世界哭泣的心

163　地球

167　哦，你们动物！

170　死亡泥人

175　相爱之人是受庇护的

贝壳呼啸

177 亚伯拉罕

182 雅各

185 倘若先知闯入

188 约伯

190 但以理

193 可是你的井泉

199 为何用黑色答复

202 西奈

205 大卫

209 扫罗

212 以色列

幸存者

215 隐秘的墓志铭

218 号码

221 老者

222 大地上的离别已枯萎

225　世界，你不要问

228　我们伤得太深

230　大地的公路上

232　哦，日暮长空里无乡的颜色

234　我们母亲

236　永远

239　哀悼的母亲

241　告别

―

以色列的土地

244　以色列的土地

248　亚伯拉罕抓住风之根

251　从荒漠中

254　以色列的妇人和姑娘

257　晃着摇篮的母亲

259　荒漠中的你们

—

在奥秘中

260 哦，我的母亲

264 你坐在窗边

267 当日头变空

269 你的目光在傍晚展开

272 然而在黑夜

274 往何处，哦，往何处

275 哈西德之书

278 或如火焰

279 仿佛雾中的生命

281 原野上的天使

283 谁知道，怎样魔幻的剧情

285 蝴蝶

288 濒死者耳中的音乐

沙粒微小，星辰涅槃

——奈莉·萨克斯其人其诗

一、奈莉·萨克斯其人

"住在我沙粒中的微小神圣
该去哪里？"

——《圣地之声》

1966 年，奈莉·萨克斯从瑞典国王古斯塔夫六世手中接过诺贝尔文学奖。七十五岁的她依旧有着少女梦幻般的双眸，安静苍白的脸上挂着微笑。很难想象，人性和诗性的巨大力量会从这样纤弱娇小的身躯里涌出。死生的重量，随蝴蝶振翅，沉落至玫瑰。

少女时期的萨克斯

75 岁的萨克斯于 1966 年
获诺贝尔文学奖

年近半百时，她与相依为命的母亲流亡至瑞典。最初十年，厨房角落里一张破旧不堪的桌子几乎就是整个天地，她蜷缩在那里吃饭、睡觉、翻译、写作，手稿散落在橱柜里。直至花甲之年，国际声誉才纷至沓来。大世界涌进了小厨房，但即使她的名字逐渐进入公众视野，世人对这位女诗人依旧知之甚少。她好似 20 世纪的艾米丽·狄金森，深居简出，沉默寡言，极少讲述自己此前的人生，只偶尔与朋友谨慎地分享秘密，仿佛守护着随时会爆裂的黑影。

萨克斯在瑞典住所的一角

　　与里尔克一样，这个极度孤独的诗人其实是个特别渴望心灵联结的"写信人"，她一生写了超过四千封信。借助这些信件，我们能依稀勾勒出诗人生命的线条。

1891 年, 萨克斯出生于柏林一个归化了的犹太富商家庭, 是家中的独女。从小极度腼腆自闭的她由于不适应学校, 只能在家接受私人教育。她的母亲虽然温柔, 却总是病恹恹的。于是, 她在保姆和家庭教师的陪伴下, 在汉莎街区一栋优雅的花园别墅里度过了童年的大部分时光。为了给她解闷, 父亲送她鹿、羊、狗作伴, 偌大的家庭图书馆也赋予她幻想的源泉, 只不过她的阅读并非系统性学习, 而更多是自我找寻的过程。她尤其钟爱各种中世纪传奇故事和德国浪漫主义文学。和卡夫卡的父亲一样, 萨克斯的父亲也极具犹太商人的行动力和冒险精神, 但他的高傲与独断也给家里罩上了乌云。才华横溢的父亲让小奈莉敬佩不已, 却难以亲近。在仅有的一些童年回忆中, 萨克斯总会提及伴随父亲的钢琴声起舞的梦幻时刻, 这一奇特的"晚间仪式"几乎是她与父亲的唯一亲密联结。总之, 笼罩童年岁月的是挥散不去的孤独感, 以及对爱的连绵渴念。

十七岁时, 她热烈地恋上一名男子。萨克斯始终不愿多提这段影响了她整个生命的悲剧性爱情。我们不清楚这名男子究竟是谁, 两人为何分手, 只知道这段无疾而终的宿命让少女落入深渊, 萨克斯为此绝食, 在很长一段时间都挣扎于死亡的边缘。1908—1910年间,她在一家疗养院接受治疗,在精神病医生理查德·卡西尔(Richard Cassirer,哲学家恩斯特·卡西尔的表兄)的建议下,开始尝试用文字表达自己的绝望。当生命的喘息变得如此沉重时,诗行的音韵和节奏帮助她重启一呼一吸。从此,写作成为她逃离毁灭的一种幸存方式。

虽然创作对她来说如此重要,她却彻底游离于彼时的柏林文学圈之外,也极少受那个时代盛行的表现主义文学影响。她流亡前创作了大量诗歌和散文诗、少数戏剧作品和幻想小说,这些作品很少发表,只是偶尔在一些报纸和期刊上找到落脚点,并未让她成为公众视野中的"女作家"。

萨克斯的父亲1930年患病去世后,这段少女时期的恋情应该重燃过,并且"一直持续到希特勒时期最具毁灭性的年代"。根据萨克斯后来的零星记述,这名男子最终因参与抵抗纳粹运动而被捕,经受了严刑拷问,萨克斯也因此被盖世太保多次传唤,党卫军甚至还突然上门审问。萨克斯很可能目睹了爱人受拷打和折磨,深感沉重的命运将两人捆绑在一起。最终,这位神秘爱人还是未能逃脱厄运,在30年代末惨遭杀害。再一次的离别,永远的离别，独留萨克斯站在纳粹风暴的中心，脆弱到几乎彻底失去了主动争取希望的力量。

> "哦，贫寒屋子里高贵的幽见。
>
> 假如我能知道，这些元素的意义；
>
> 它们指释着你，因为一切都永远
>
> 指向着你；我百无一用，唯有哭泣。"

（《蜡烛》）

关键时刻，她的德国挚友古德伦·丹奈特（Gudrun Dähnert）为几乎被遗弃的萨克斯母女到处奔走。1939 年夏，丹奈特在战争全面爆发后不久就赶到瑞典求见女作家塞尔玛·拉格洛夫（Selma Lagerlöf），恳请她为萨克斯母女流亡瑞典提供担保。萨克斯十五岁生日时曾获赠拉格洛夫的《戈斯塔·贝林的故事》（*Gösta Berling Saga*）德译本，从此就非常崇拜这位后来的诺奖获得者，视其为楷模，还时不时将自己的诗作寄给拉格洛夫（萨克斯 1921 出版的流亡前唯一一部作品《传奇与故事》有明显的模仿痕迹）。丹奈特拜访拉格洛夫时，后者刚刚经历了一场致命的脑溢血，所幸她还是回想起了这位笔友，愿意提供帮助。此后，丹奈特又争取到了多方支持，甚至包括瑞典国王古斯塔夫五世的兄弟尤金·贝尔纳多特亲王（Prinz Eugen Bernadotte），使这对犹太母女获得了逃离德国的一丝希望。

—
拉格洛夫是首位获诺贝尔文学奖的女作家（1909）

—
萨克斯与拉格洛夫的通信手稿（1938）

另一边，德国的情况则急速恶化。失去一家之主庇护的母女俩原本只想默默无闻地生活在政治的边缘，但不到一年时间，她们的房产被没收，被迫不断更换住所，最后不得不躲入一家旅店。1940 年 5 月初，萨克斯和她母亲收到了必须前去登记参加强制劳动的命令。在极度恐慌中，她们奇迹般地拿到了瑞典领事馆收到的签证。跨在生死的门槛上手足无措时，她求助于一个曾给予过帮助的盖世太保,他建议母女俩撕毁遣送集中营的召集令,不要乘坐火车,而是搭乘最快的一班飞机离开德国。就这样,萨克斯带着体弱多病的母亲玛格丽特·萨克斯（Margarete Sachs)在 1940 年 5 月 16 日乘坐差不多最后一班客机逃往斯德哥尔摩。

"恹恹的蝴蝶

很快又见到海——

这块石

刻着蝇头楷碑文

交至我手中——"

《在逃亡里》

以色列民族在无路可退时奇迹般地跨过红海,萨克斯与年迈的母亲则在绝望无助的最后关头飞越波罗的海。在亲历"逃亡与救恩"的过程中,象征着犹太教神启的那块石版,似乎终于在以色列民族代代相传的宿命中被交至女诗人手中。

这本诗集中收录的就是萨克斯 1940 年至 1950 年间,即与死神擦肩而过之后的十年间所出版的诗歌。然而，逃离死亡的追捕并不直接意味着生命的开端，举目无亲的母女到达斯德哥尔摩时，唯一的财产只有提箱里的私人物品和少量帝国马克。命运仿佛与她作对，萨克斯的偶像与恩人拉格洛夫在她们抵达瑞典前两个月突发心脏病去世。茕茕孑立的最初十年是异常艰难的："贫穷，疾病，彻底的绝望！我至今也不知道自己究竟是怎样幸存下来的。"

1940年无疑是萨克斯创作上的一个标志性转折点。她甚至拒绝将1940年前创作的任何一篇作品收录到恩岑斯贝尔格（Hans Magnus Enzensberger）1961年为苏尔坎普出版社（Suhrkamp Verlag）编辑的作品集《驶向无尘》（*Fahrt ins Staublose*）中。萨克斯这样解释："对于我和许多人来说，新的纪元开始了——《在死亡的居所》（*In den Wohnungen des Todes*）开启了一个痛苦的纪元。"诗人决绝地拒绝再版甚至提及流亡前的早期创作。但这绝非对过往岁月的背弃，绝非扭头不直面曾经的伤痛。如果说过去的写作是为了让自己在严冬里取暖，那时的文字还带着甜蜜的忧郁气质，那么现在，她就是已然死过一回的人了。她在死亡的灰烬中找到了属于自己的声音，在毁灭中开始建构自己的宇宙。那是诗人的重生。

萨克斯就在这栋黄色公寓里居住,先是与母亲一起,后来是一个人,直到生命的终点。

　　1950 年是诗人进入流亡生活后的另一个转折点。与她相依为命的母亲,在经历长久的病痛后去世。在长达六十年的时间中,萨克斯几乎没有一天离开她的母亲,两人在艰难岁月中彼此依靠。流亡后,她们长期蜗居在斯德哥尔摩犹太人社团的出租公寓里(起初住在一楼狭小阴冷的一室户里,直到 1948 年才搬到三楼稍宽敞明亮些的带厨房的一室户。生病的母亲最终成了需要照顾的孩子,萨克斯为了让母亲住得舒服些,自己基本缩在厨房里工作和睡觉)。但这种零距离的共生关系也在某种意义上构成了爱的枷锁。"我的母亲死了。我的幸福,我的故乡,我的一切。"这早已不是诗人第一次经历离别,但母亲死后,极度依恋家庭、渴望联结的萨克斯彻底孑然一身地生活在这个世界上,独自面对恐惧与胁迫。她必须承受越来越大的压力:抑郁症、精神错乱,她又一次遁入文字中,用诗来表达孤独者对亡者的思念,也越来越深切地思考"死"与"重生"的奥秘。

> "哦,我的母亲,
>
> 我们住在一颗孤星上——
>
> 最终悲叹出
>
> 遇死者的叹息——
>
> 多少次你脚下的沙消失
>
> 留你孤身一人——
>
> ……
>
> 哦,我的归乡人,
>
> 奥秘随遗忘愈合——
>
> 可我听见新的奥秘
>
> 在你满溢的爱里!"

(《哦,我的母亲》)

表面上来看,50和60年代对于她是安全感逐级递增的十年。1952年,萨克斯终于获得了瑞典国籍,客乡真的成了家乡。诗人的知名度从50年代末开始也越来越高，她与文学界的联系也越来越多，包括与对德国战后文学来说至关重要的"47社"成员保罗·策兰（Paul Celan）、英格褒·巴赫曼（Ingeborg Bachmann）、恩岑斯贝尔格等。但萨克斯并未被疗愈，反而越来越多疑，甚至最终陷入了某种"被害妄想症"，在生命的最后十年不得不频繁出入精神病院。

即使在获奖无数之后，萨克斯依旧与成功保持着距离。她从未表现出任何自傲，甚至不愿将自己标榜为诗人。她在1959年给朋友的信中写道："其实我是个实实在在的家庭主妇，从来都不是诗人。这个概念对我来说太陌生了。"不过，她紧接着话锋一转："但我们女性也可以成为诗人。我们将自己的生命投入火焰中，在最危急的时刻结结巴巴地吐出几个词。"如同一株被绳索与黑烟困住的玫瑰，她从未走出痛苦与孤独，甚至在字面意义上也没有背叛过去的生活。在母亲于1950年去世后，她依旧独自生活在简陋的出租小屋里，除了领奖，从未远游。经济情况好转时，她顶多添置几件漂亮的家具。她在这里接待朋友，操持家务，创作和翻译，直到去世。

1970年4月，她的"精神兄弟"策兰在巴黎从米拉波桥上跳入塞纳河。当策兰的身体沉入冰冷的河底时,萨克斯已躺在斯德哥尔摩的医院里濒临死亡。从某种意义上来说,作为个体的他们没能从梦魇中走出来。5 月,在策兰葬礼同一天,萨克斯也迎来了肉身的终点。

—
苏尔坎普出版社出版的
萨克斯与策兰通信集

二、奈莉·萨克斯其诗

> "所有脱轨的星辰
> 在最深的坠落中
> 永远能重回永恒的家。"
> ——《死亡泥人》

在一首晚期无题诗中，策兰称自己"从两盏杯中饮酒"，他显然得到了犹太与德意志两条水源的共同哺育。萨克斯的诗也充满了这种"双重性"，甚至比策兰更具撕裂的张力，让断念与重建、宽恕与徒劳同时展现抗衡之力。正如她一直关注的圣经形象雅各。雅各在黎明时分与一个神秘人角力，他奋不顾身几近胜利，却突然受伤，但正是从这番角力中，他重生为"以色列"（意为"与神角力者"），一个更真实的自己：

> "哦，以色列
> 晨曦中的处女战
> 一切带血的分娩

书写在破晓时分。

哦，雄鸡啼叫的尖刀

刺入人性的心脏，

哦，夜与日间的伤口

是我们的居所！"

（《雅各》）

—
伦勃朗：《雅各与天使角力》
（约 1659）

这是以色列民族的起源，也成为 1940 年后诗人的内在精神图景。大屠杀无疑是她作为诗人的真正开端，个人经历与民族命运是她诗歌的两翼，两者带来的都是一番"角力"后的极端痛苦。但正是在这场鲜红的战役中，在彻底的刺痛中，涌出了对生的炽热渴念，娩出了诗的星辰。如果没有诗,她的一生就仅仅是被孤独与恐惧紧逼的悲苦剧,但获得了诗音的生命,似乎就升华为一部穿越痛苦、迎向"净化"的悲剧。诗歌赋予萨克斯勇气,引领她沿着"月亮塔楼的魔力旋梯",上升至终点。

萨克斯诗歌的"双重性"可以概括为三个方面:她的**诗性语言**、**身份定位**和**宗教情感**。

首先是其**诗性语言**的双重故乡。同为犹太女诗人的罗泽·奥斯兰德(Rose Ausländer)在《祖国母亲》(*Mutterland*)一诗中称,当"祖国父亲死了"时,"我就住在祖国母亲那里"。如果说国土和政权是阳刚的、父权的,那么当这样的"祖国父亲"死去时,祖国母亲——语言(die Muttersprache)依旧可以容纳咏唱的灵魂。德语虽曾沦为审讯者的语言、刽子手的语言,却也是她从小钟爱的那些德语作家的语言。她与德国浪漫主义之间的亲缘性更是不言而喻。希尔德·多敏(Hilde Domin)称萨克斯是"诺瓦利斯和荷尔德林在今日、在此地的姐妹"。她与诺瓦利斯有许多相似之处:对不可见世界的确信,对早逝爱人的执恋,对触手可及之死的关注。她与荷尔德林也有许多相通之处:面对外部世界的无力感,对母亲怀抱的眷念,黑夜中书写的巨大孤独感。从

1943 年的组诗《写入空中的墓志铭》(*Grabschriften in die Luft geschrieben*)开始,萨克斯的诗歌中就流淌着哀歌兼颂歌的基调。由此,她将犹太传统融入了德语文学中席勒-诺瓦利斯-荷尔德林的脉络。诗人像"守夜人"一般为被凌辱与被损害者发出呼求:

"蒙着灰尘的守夜人

狂野地

向天空展臂

呼一声'上帝'

紫罗兰的泪水中

黑暗散着馨香——"
(《原野上的天使》)

抑或像"夜莺"一般为被遗忘者和失声者唱出哀歌:

"哦,世间所有林中的夜莺啊!

是死去民族有羽翼的后代,

是破碎心灵的指路人,

白日满溢着泪水,

呜咽着唱出，呜咽地唱出，

临死前喉中可怕的沉默。"

(《阴影早已降下》)

"守夜人""夜莺""蝴蝶"，这些浪漫主义的经典意象，通过萨克斯进入大屠杀文学中。对荷尔德林而言，在众人皆酣眠的铁夜，唯独诗人"踏遍每一块土地"。萨克斯的时代亦是"双重'不'的时代"（海德格尔论荷尔德林的概念），是"诸神已不在，上帝还未来"的时代。在众人皆失语的泥潭里，唯独诗人用"言"在黑夜划出一道伤口，让黎明从这里刺破天空。

此外，瑞典语对她产生的影响也是不容忽视的。在瑞典的最初十年里，萨克斯为了照顾病重的母亲无法外出就职，除了做洗衣女工，就只能接受委托在家做翻译。因此，她从流亡生涯起初就开始翻译瑞典语诗歌。她与这些现代瑞典诗人的互相觅见、彼此成就，是苦难中的巨大的幸运。翻译是一种既不在此处也不在彼处的中间状态，然而正是在卡戎的永恒摆渡中，在为每个具体的词寻找合适表达的过程中，作为翻译家的诗人也无限接近语言本身的神秘性与神圣性。

上文提到,萨克斯坚持认为自己的处女作是流亡后的首部诗集《在死亡的居所》,同年,她也出版了自己翻译的第一本瑞典语诗集《从海浪与花岗岩》(*Von Welle und Granit*),其中包括埃里克·林德格伦(Erik Lindegren)、贡纳尔·埃凯洛夫(Gunnar Ekelöf)、伊迪斯·索德格朗(Edith Södergran)等人的诗歌。现代瑞典语诗歌中冷峻的阴郁气质,与北国舒爽的空气一起,让她自己的语言线条也越来越简洁有力。她保留了早期细腻又热诚的情感,却摆脱了柏林时代创作中冗余的感伤,最终逐渐构建出更准确的隐喻体系、更果敢的语言图像,成为德国战后文学中一朵独一无二的玫瑰。

—
1946 年出版的诗集《在死亡的居所》

—
同年出版的瑞典语诗译本《从海浪与花岗岩》

其次，是她特殊的**身份空间**。萨克斯与母亲在盖世太保眼皮底下胆战心惊地生活了近八年，终于九死一生地逃离纳粹德国，但至深的恐惧并未由此终结。虽然劫后余生，萨克斯却几乎从未将自己视为"幸存者"（Überlebende），她无法也不愿背弃自己流亡前的生活，因为肉体虽然得救，灵魂却挣扎在死亡的边缘：

> "我们获救者，
>
> 为我们脖颈而备的绳索仍旧拧着
>
> 悬挂在眼前的蓝天中——
>
> 沙漏中也仍旧装着我们滴下的血。
>
> 我们获救者，
>
> 恐惧的蠕虫仍旧在吞吃着我们。
>
> 我们的星球已埋葬在尘土里。"

（《获救者合唱曲》）

柏林时期的她是个延续了德国浪漫主义传统的抒情诗人，只是为了疗愈自己而创作，在朝向内心的旅程中越走越狭窄。但走过（或者说仍旧走在）死荫幽谷的她则越来越让自己成为一个容器，让犹太民族中沉默的受难者通过她发出声音。她仿佛一个在战场上收集亡者细碎痕迹的天使，只是让自己成为以色列民族的传声筒，让自己为众无名者建立墓碑，让"我"完全献身于"我们"的奥秘。然而，破除自我的过程恰恰促成了伟大诗性的诞生："我对这些哀歌什么也没做，我只是将它们写下来，好像黑夜将它们递给了我。"

1965 年获德国书业和平奖时，德国媒体称她的文字和解了德意志与犹太之间的矛盾。这一评论或许导致有些人对萨克斯产生误解甚至厌恶。"和解"确实是萨克斯的关键词，但唯有深渊中的人才有权"和解"，况且她所说的"和解"是指向未来的。当她说"把复仇的武器放到耕地上/让它们变轻——因为在地球的怀里/铁与谷是兄妹"，她所说的难道是两个民族关系的正常化吗？在组诗《午夜过后的合唱曲》（*Die Chöre nach der Mitternacht*）中，一切都在控诉和哀叹，被杀者、获救者、流亡者、未生者，甚至树、云、石头、星辰。然而唯有"眼泪意味着永恒"。流泪就是一种选择，选择哀悼而不是复仇，选择相爱而不是仇恨，选择发问和对话而不是审判和独断，选择相信恶终究会自我毁灭，相信晦暗的沉重里有和解的力量涌出。

最后是她的**宗教情感**。基督教信仰是流亡前柏林岁月的基调（她早年十分熟悉天主教圣人故事，写过关于阿西西的圣方济各的十四行诗，据说还曾纠结过是否要接受基督教洗礼）。从纳粹时期开始，犹太教信仰就愈来愈深地刻入她的文字。在流亡后的诗歌中，她常将带有浓厚基督教色彩的形象与犹太民族的历史经验融合起来。例如早期基督教艺术中常见的"鱼"象征基督为众人而舍的身体，在萨克斯的诗中与面对施暴者手无寸铁、唯有沉默的犹太受难者形象结合起来：

"桌上放着

被扯下紫腮的鱼，

痛苦的国王？"

（《但以理》）

虽然借用犹太教与基督教的人物与意象，她的诗中却并不存在某个固定的救世主形象，她的"虔信"也并不归属某一确定的宗教。尤其对她产生巨大触动的是布伯（Martin Buber）和罗森茨威格（Franz Rosenzweig）共同翻译的旧约、布伯编译的《哈西德之书》（*Die chassidischen*

Bücher)和肖勒姆（Gershom Scholem）翻译的卡巴拉典籍《光明篇》（*Sohar*）。她愈来愈接近一个神秘主义者，直面受难与死亡，忠于爱、渴求神，却并不束缚于人造的教条大厦，而是从具体现实走入奥秘时空，窥探不可见世界的存在，真诚地行走通向神的独一无二的道路。荷尔德林在诗中渴念回归黄金时代，萨克斯在诗中渴念回归神恩状态。而事实上，人的定居之处就在永恒的呼求与渴慕中。犹太教中的"舍金纳"（Schechina，意为"定居"，神临在的"居所"）就是在永远的流亡状态中、在不幸中等待救赎的灵魂。她以这两句结束了简短的诺奖致谢辞：

"我以世界的变迁，

替代了故乡。"

（《在逃亡里》）

这不仅是个人体验：她在持续的变迁中找到安身之处。这也是犹太民族的命运：在永恒的流离失所中与神联结。这甚至也是世间许多饥渴慕义者的归宿：唯有在不确定中寻找居所，在坠落中迎来升腾与新生。

三、关于本书

> "那时,晨星一同歌唱,
>
> 神的众子也都欢呼。"
>
> ——《约伯记》

　　1949 年,流亡美国的阿多诺(Theodor Adorno)作出了振聋发聩的著名论断"奥斯维辛之后,写诗是野蛮的"。虽然他后来想撤回这一说法,却已无法阻止这句话成为一种标志。海因里希·伯尔(Heinrich Böll)在法兰克福讲座中不无嘲讽地说,这句话可以改写为:"奥斯维辛之后,人们不再可以呼吸、吃喝、相爱、阅读。"这显然是必须被驳倒的标志。奥斯维辛不会成为历史,人们却必须重新呼吸,重新相爱,重新阅读和写作。对萨克斯和策兰而言,根本不存在"自奥斯维辛之后"(nach Auschwitz),只有"自奥斯维辛以来"(seit Auschwitz)。萨克斯在一封给策兰的信中写道:"我必须追寻这条内心的道路,它把我从'此刻'带回到那些无人倾听他们痛苦的我的同胞身边,从痛苦中求索。"痛苦是必然的,对他们而言,奥斯维辛的"灰烟"和"尘土"就是永恒的当下,"自奥斯维辛以来"的诗无法回避集中营与焚尸炉。谁都无法断言,谁或许会成为明天的犹太人,谁都无法认定,谁不会成为日后的刽子手。萨克斯的诗歌模糊了刽子手、旁观者与受难者之间的界限,在今天的世界依旧展现着根本的力量:净化的力量,生命的力量。

本书收录萨克斯在 40 年代出版的两本诗集,即 1947 年由建设出版社(Aufbau Verlag)出版的《在死亡的居所》,以及 1949 年由菲舍尔出版社(Bermann-Fischer)出版的《星辰暗淡》(*Sternverdunkelung*)。两本诗集共包括九组诗:《灰烟中你的肉体飘散在空中》(1945/1946)、《死去新郎的祷词》(1943/1944)、《写入空中的墓志铭》(1943—1946)、《午夜过后的合唱曲》(1946)、《时间是旅人》(1947)、《贝壳呼啸》(1946—1947)、《幸存者》(1946/1947)、《以色列的土地》(1948)、《在奥秘中》(1946—1948)。译文是根据苏尔坎普出版社 2010 年出版的四卷本《奈莉·萨克斯作品集》(*Nelly Sachs Werke*)第一卷完成的,注释部分参考了该书的评注。该四卷本的第二卷收录了萨克斯 1951 年至 1970 年间出版的诗歌,希望日后也有机会译出。

苏尔坎普出版社的四卷本《奈莉·萨克斯作品集》，本书译自第一卷

　　如上文所说，萨克斯的诗歌受到德国浪漫主义文学、瑞典语现代文学、个人经历、民族命运、基督教与犹太教的多重影响，由此建构出了一套属于她的隐喻迷宫和秘语体系，对于中文读者来说颇具阅读难度。译者为帮助读者更容易接近萨克斯的诗歌，添加了一些相关生平、宗教及文化背景的注释，但并非要去限定阐释的多样性，更非想挖掘诗人本不愿公开展示的秘密。萨克斯多次强调自己在作品中"匿名"的渴望："我希望人们能将'我'彻底排除，只是成为愿意倾听者的一道声音、一声叹息。"虽然伟大的作品常常孕育自非凡的人生，但人的生命绝无可能与其创作等量齐观，艺术的起源不可穷究。"沙粒"微

小脆弱，却集结成整体回忆，从那里迸发浩然之音，随着纷沓的轰鸣，引向星辰涅槃。

感谢上海三联书店的编辑邱红女士，在本书出版过程中给予我莫大的帮助。也感谢我的家人，翻译后半段恰逢上海疫情，他们的陪伴与鼓励，和萨克斯的文字一起，成为深夜里的光。

姜林静

2022 年 8 月 25 日

于上海家中

19

47

在死亡的居所

———— 1947

献给我死去的兄弟姐妹

导读

诗集《在死亡的居所》(*In den Wohnungen des Todes*)于 1947 年在东柏林的建设出版社(Aufbau Verlag)出版，收录了奈莉·萨克斯 1943 年夏天之后的诗歌。萨克斯不习惯在手稿上标注日期，因此具体创作时间不详，而且她母亲 1950 年 2 月 7 日去世后，萨克斯甚至还毁掉过之前记录下的一些时间。她曾多次强调，《在死亡的居所》标志着自己诗歌创作的真正开端。1961 年，她依旧以此观点来反对将自己的早期作品收录到诗选集《驶向无尘》(*Fahrt ins Staublose*)："对于我和许多人来说，一个新的纪元开始了——《在死亡的居所》开启了一个痛苦的纪元。在此之前的生活属于拉莫的舞曲和其他悲剧，它们延展出一条对于他人来说并不存在的隐秘线索。《驶向无尘》必须以《在死亡的居所》为起点，展开这条痛苦的道路，直到重新抵达光亮。"

寻找合适的出版社的过程十分艰难。最终，建设出版社在约翰内斯·贝歇尔(Johannes R. Becher)的推荐下同意出版诗集："稿件是通过贝歇尔先生获得的，他还附上说明,认为该稿件适合建设出版社少量印刷。这是一位犹太女诗人的组诗,题献给'我死去的兄弟姐妹'。"根据出版合同计划印刷一万册,最后在 1947 年春印了二万册。奈莉·萨克斯通过出版社将书寄给了彼时德语文学界最杰出的一批文人,其中包括约翰内斯·贝尔歇、亨利希·曼(Heinrich Mann)和托马斯·曼(Thomas Mann)、乔治·卢卡奇(Georg Lukács)、阿尔弗雷德·德布林(Alfred Döblin)、赫尔曼·黑塞(Hermann Hesse)、马克斯·莱希纳(Max Rychner)、卡尔·泽里希(Carl Seelig),后来还寄给了汉斯·汉尼·雅恩(Hans Henny Jahnn)和汉斯·里希特(Hans Richter)。

灰烟中你的肉体飘散在空中[1]

> *我这皮肉灭绝之后,*
> *我必在肉体之外得见神。*
> *——《约伯记》[2]*

哦,烟囱

哦,烟囱!

在构造巧妙的死亡居所之上,

当以色列的肉体在烟中消解

飘散在空中——

一颗星迎接它,如扫烟囱的人,

那是一颗变黑的星,

或是一缕阳光?

哦,烟囱!

为耶利米[3]与约伯[4]的尘土[5]所铺的自由之路——

是谁设计了你们,一石一石地垒砌起

从烟灰中出逃者的通道?

哦，死亡的居所，

为昔日客居的房主，

布置得令人向往——

哦，你们这些手指，

铺设着入口处的门槛，

如同生与死之间的一把刀——

哦，你们这些烟囱，

哦，你们这些手指，

灰烟中以色列的肉体飘散在空中！

（1945/1946 年）

1. 组诗标题《灰烟中你的肉体飘散在空中》与马克斯·布洛德（Max Brod)的一本书有关，萨克斯在 1947 年 10 月 27 日致卡尔·泽里希的信中写道："布洛德将奥斯维辛比作亚伯拉罕的牺牲，实在精妙。要穿越多少不信的里程碑，才能在奥斯维辛背后、在焚烧的灰烟中将一切抹平，才能决定是否从头启程。"

2. 参见《约伯记》第 19 章 26 节。（本书经文采用和合本圣经译文，不再一一注明）

3. 耶利米是圣经记载中犹大国亡国前最黑暗时代的一位先知。他被称作"流泪的先知"，因为他明知以色列人离弃上帝后注定拥有悲哀的命运，却依旧无法改变他们顽固的心。

4. 约伯是《约伯记》的中心人物，他是一位正直、善良、虔信的富人，在几次巨大的灾难中失去了几乎所有珍贵的事物，包括子女、财产和健康，却依旧在苦难中坚守信仰，思考苦难的意义。

5. 在《创世记》第 2 章中，神用地上的尘土造人。又见《约伯记》第 10 章 9 节："求你记念，制造我如抟泥一般；你还要使我归于尘土吗？"

致建造新屋的你们

当你为自己新砌一堵墙——

你的灶、床、桌、椅——

别为它们垂泪，它们已逝，

不再与你同住

挂在石上，

不挂在木上——

否则会有哭泣潜入睡眠，

你还必须维持的短暂睡眠。

当你铺上床单时，不要叹息，

否则死者的汗水

就会和你的梦杂糅在一起。

啊，墙壁和工具

敏感如风弦琴[2]，

亦如培育你痛苦的耕地，

在你里面感受与尘土的亲近[3]。

建造吧，当砂时计里细沙流淌，

切勿将时光哭走，

连同尘土一起，

它遮蔽了光。

（1945/1946 年）

1. 纳赫曼拉比（Rabbi Nachmann, 1772—1810）是犹太哈西德虔修派的一位宗教领袖。萨克斯的藏书中包括马丁·布伯（Martin Buber）1955年修订版的《纳赫曼拉比的故事》一书。

2. 一种弦乐器，依靠风吹动共鸣箱上的琴弦而自动发声。风弦琴常被视为诗人的象征，经常出现在古典主义与浪漫主义的诗歌中。

3. 原文"Staubverwandte"是萨克斯的自造词，由"Staub"（尘埃，尘土）与"verwandt"（同族的，同源的）组合构成。在希伯来传统中，上帝用地上的尘土造人，而人最终又归于尘土。所罗门王在《传道书》中也这样感叹道："都归一处，都是出于尘土，也都归于尘土"（3:20），这极大影响了中世纪的"虚空观"。在这首诗中，萨克斯用这一词来表现生与死之间的无限接近。

哦，哭泣着的孩子的夜晚！

哦，哭泣着的孩子的夜晚！
贴上死亡标记的孩子的夜晚！
再不能入眠。
可怕的女看守
代替了母亲，
将冤死绷入她们的手掌筋肉'，
把死亡播种到墙壁里，屋梁内——
在灰暗的巢穴中四处孵化。
哺育婴孩的是恐惧，不是母乳。

就在昨天，母亲还如同
一轮白月般，哄着孩子入睡，
一只手臂拥着布偶，
脸颊上的红晕已被吻去。
另一只手臂拥着，
被剥制的动物标本
在爱中获得生气。
而今正刮着死亡的风，

将衬衣从发丝上吹走，

再也无人梳理。

（1945/1946 年）

1. 在 1967 年 2 月 24 日致罗伯特·卡恩(Robert Kahn)的一封信中,萨克斯详细阐释了"Handmuskel"这个组合词。它是由"Hand"(手)与"Muskel"(肌肉)组合构成的。萨克斯提到,这个词也出现在她后期关于该隐的诗歌《逃亡与变迁》中。这个词对她来说代表着杀戮者的原型,不仅因为集中营中的杀戮者在射击时需要绷紧手掌的肌肉,也因为人类自古在赤手空拳进行杀戮时都需要使用手掌的肌肉,正如圣经所记载的第一个杀人犯该隐杀害自己的兄弟亚伯时那样。瓦尔特·延斯(Walter Jens)在斯德哥尔摩做讲座时也提到了这个词,他认为萨克斯描绘了一个从"黑"中生出"白"的世界,"女看守代替了母亲",女人将降下的死亡"绷入她们的手掌肉筋",以此继承了该隐所掌握的伎俩。

谁曾清空你们鞋里的沙?

谁曾清空你们鞋里的沙?

当你们必须起身,走向死亡。

那是领以色列归乡的沙,

他的漫游之沙?

灼烧着的西奈之沙[1],

混杂着夜莺的歌喉[2],

混杂着蝴蝶的翅膀,

混杂着蛇的欲望尘灰,

混杂着所罗门智慧[3]中掉落的一切,

混杂着苦艾[4]奥秘的苦涩——

哦,你们这些手指,

从死者的鞋里清空了沙,

明天你们也将化为灰烬

落入新来者的鞋中。

(1945/1946 年)

1. 以色列人在逃出埃及的流亡途中曾穿越了西奈旷野。

2. 夜莺的歌喉不仅象征着歌唱,也代表了被暴力夺去伸冤的权力,被迫忍受沉默的悲剧,参见奥维德《变形记》中菲洛墨拉与普罗克涅的故事。

3. 所罗门是大卫之子,以色列的王,同时也是旧约中《箴言》《传道书》与《雅歌》这几卷书的作者,具有非凡的智慧。

4. 苦艾,又称苦蒿,是酿造苦艾酒的原料之一。《启示录》第8章中也提到苦艾酒(和合本译为"茵陈")。当第七封印被揭开时,有七位天使在神面前吹号。其中第三位天使吹号,就有烧着的名为"茵陈"的大星落在众水泉源之上。众水的三分之一就变成了苦味的茵陈,因此死了很多人。

即使是老者

即使是老者
吹向死亡的最后一口气息，
你们也要夺去。
虚无的空气，
因期望而战栗，如释重负地完成了
踢开寰宇的最后一声叹息——
连这虚无的空气也被你们夺走！

老者的
干枯的眼睛
被再一次挤压
直到你们榨取绝望的盐分——
这颗星
在痛苦的曲面上所拥有的一切，
阴暗土牢中蠕虫的一切烦恼
聚集成堆——

哦，你们这些强盗，

抢走死亡时刻、最后的气息、**晚安的**眼睑[1]

有一点是确定的：

天使会收回

你们所丢弃的东西，

老者过早的午夜里

会出现弥留气息的一阵风，

将这颗被扯下的星

追赶进主的手里。

（1945/1946 年）

1. 原文"Augenlider"由"Augen"（眼睛）与"Lid"（眼睑）组成，其中"Lid"一词在德语中与"Lied"（歌曲）一词发音相同，因此"**晚安的**眼睑"在诗中不仅代表人在平静中离开世界时犹如安然入睡的模样，也隐藏着人在离世时宛若在一首摇篮曲的哼唱中睡去的意象。因此，原文中"Gute Nacht"（晚安）被标为粗体。然而这种安详离世的权利也被夺走了。

亡孩如是说

母亲握住我的手。
有人举起离别的刀:
为了让它不落向我,
母亲松开紧握我的手。
她还轻触到我的胯部——
那时她的手在流血——

从那时起,离别的刀
将我喉中的食物一切为二——
它在黎明时分随太阳出鞘,
开始在我眼中磨得锋利——
风与水在我耳中经过磨炼,
每个慰藉之音都扎入我心——

当我被引向死亡时,
直到最后的瞬间还能感受到
拔出离别之刀的剧痛。

(1945/1946 年)

沉没发生，
为了上升。
——《光明篇》[1]

曾有一人

曾有一人
吹响了羊角号[2]——
向后抛掷脑袋，
如狍，似鹿
在清泉边饮水之前。
吹着：
Tekia[3]
死亡在叹息中驶离——
Schewarim[4]
种子落下——
Terua[5]
空气诉说着一束光！
在羊角号中，
地球旋转，星辰旋转
这个人吹着——
圣殿围着羊角号焚烧——
一人吹着——

圣殿围着羊角号倒塌[6]——

一人吹着——

灰烬围着羊角号安息——

一人吹着——

（1945/1946 年）

1. 《光明篇》是 13 世纪下半叶犹太教卡巴拉最重要的作品之一。萨克斯也曾在信中引用这段："幸存于我而言很艰难,但我愿意尝试,'沉没发生,为了上升'。"

2. 羊角号是由公羊角制成的一种古老乐器,至今仍在犹太教的宗教仪式中被使用。据《创世记》记载,亚伯拉罕在献祭自己的儿子以撒时,最后被上帝阻止,神用一只公羊代替了以撒。犹太人会在赎罪日吹响羊角号。

3. 意为"起吹",羊角号吹奏的前奏。

4. 意为"破碎之音",羊角号吹奏的第二部分。

5. 意为"警报声",羊角号吹奏的第三部分。

6. 圣殿焚烧、圣殿倒塌都影射尼布甲尼撒二世在公元前 586 年攻陷耶路撒冷,将犹太众民掳至巴比伦。《列王纪》和《耶利米书》的部分记载涉及他征服犹大国的过程。

手

手,

死亡园丁的手,

你们从摇篮甘菊中让死亡

在土地坚硬的草场上生长,

或者在山坡上,

培育起农庄里的温室巨兽。

手,

撕开会幕¹中的肉身,

抓住虎牙般的神秘标记——

手,

你们做了什么,

当你们还是小孩的手的时候?

你们拿着口琴,拽着摇马的鬃毛,

在黑暗中抓紧母亲的裙角,

指着童书上的一个词——

或许是上帝,又或是人?

你们这些掐住喉咙的手,

难道你们的母亲死了吗，

还是你们的妻子或孩子？

因此你们只抓紧死亡，

在这些掐住喉咙的手中。

（1945/1946 年）

1. 会幕在希伯来文中意为"神的居所"，是以色列民从逃出埃及到征服迦南地这段时间中在旷野里敬拜神的流动圣所。

已被天神慰藉的手臂环绕

已被天神慰藉的手臂环绕

疯癫的母亲站着

带着被撕裂的理智的碎片

带着被焚毁的理智的火棉

将她死去的孩子装进棺木,

将她失去的光装进棺木,

她的双手弯曲成一个盅,

从空中,盛满孩子的躯体,

从空中,盛满他的眼睛、他的头发,

还有他扑通的心脏——

她吻了吻这在空中出生的孩子,

然后死去!

(1945/1946 年)

是鲜血的何等隐秘愿望

是鲜血的何等隐秘愿望，

疯癫的梦以及

被千万次谋杀的地球，

才让这恐怖的提线木偶戏子诞生？

他用滔滔不绝的嘴

阴森地吹倒

犯下罪行的原型旋转舞台

连同烟灰色显现的恐怖地平线！

哦，灰烬之丘，如同被邪恶的月亮拖着

谋杀者表演：

手臂举起又落下，

双腿举起又落下，

西奈民族的落日

成为脚下的血红色地毯。

手臂举起又落下，

双腿举起又落下，

烟灰色的恐怖地平线显现，

死亡的星辰硕大无比

矗立宛若时代之钟。

（1945/1946 年）

这事未发以先，
我就说给你们听。
——《以赛亚书》[1]

我们早已忘记如何倾听

我们早已忘记如何倾听！
在倾听之前，祂已播种了我们，
如同在永流的海边，种下沙丘上的草[2]，
我们想长在丰肥的牧场上[3]，
如同莴菜长在自家庭院。

倘若我们也有事业
长久地持续，
从祂的光而来，
倘若我们只能从管中饮水，
且直到临死之时，
才靠近我们永远干渴的嘴——
倘若我们也在街道上迈步，
脚下的土地被一块膏药
引向沉默，
我们不能出卖自己的耳朵[4]，
哦，我们出卖的不能是自己的耳朵。

即使在集市上，

量算着尘土时，

有人在渴念的绳索上，

快速向前一跃，

因为他听见些什么，

就从尘土中一跃跳出

并让他的耳得到饱足。

在毁灭之日[5]

把聆听的耳紧贴土地，

你们会听见，在整个睡眠中

你们会听见，

如同在死里

生命开始。

（1945/1946 年）

1. 参见《以赛亚书》第 42 章 9 节。萨克斯在 1947 年 6 月 25 日致拉格纳·图尔希(Ragnar Thoursie)的信中这样评价马丁·布伯和弗兰茨·罗森茨威格(Franz Rosenzweig)共同翻译的圣经："在经历最深刻恐惧的那段时间,一位德国友人将一本小书递到我手中。这是布伯和罗森茨威格共同翻译的《以赛亚书》。我反反复复地读,终于知道自己必须要走怎样的路。因为他们的译文与路德的译本毫无相同之处。他们的译文不是'德语化'的,他们的土壤是如此触动人心,如同分娩时血淋淋的碎片。只有荷尔德林对古希腊抒情诗人品达(Pindar)的翻译才以类似的方式展现了原文令人战栗之处。我这才知道:原来圣经与古希腊合唱诗一样,都是以颂歌的形式书写的,两者都闪耀着巴比伦之光。因此我就能从黑色的答案,从对以色列存在的憎恨中开始追溯源头。"

2. 参见《以赛亚书》第 44 章 1—4 节:"我的仆人雅各,我所拣选的以色列啊,现在你当听。造作你,又从你出胎造就你,并要帮助你的耶和华如此说:我的仆人雅各,我所拣选的耶书仑哪,不要害怕!因为我要将水浇灌口渴的人,将河浇灌干旱之地。我要将我的灵浇灌你的后裔,将我的福浇灌你的子孙。他们要发生在草中,像溪水旁的柳树。"

3. 参见《以赛亚书》第 5 章 17 节:"那时羊羔必来吃草,如同在自己的草场;丰肥人的荒场被游行的人吃尽。"

4. 参见《以赛亚书》第 42 章 20 节："你看见许多事却不领会，耳朵开通却不听见。"

5. 应该是指代公元前 586 年以及公元后 70 年圣殿第一次和第二次被毁之时。又参见《以赛亚书》第 10 章 3 节："到降罚的日子，有灾祸从远方临到。那时，你们怎样行呢？你们向谁逃奔求救呢？"

你们这些旁观者

在你们的目光中被杀害。
正如能感受到背后的目光，
你们的身体
也能感受死者的目光。

当你们离开藏身处偷摘一朵紫罗兰时，
有多少破碎的眼睛注视着你们？
在这棵老橡树
殉道者般的枝丫上，
高举着多少恳求的双手？
在夕阳的血色中，
滋长着多少回忆？

哦，未唱的摇篮曲
斑鸠夜晚的啼叫——
有人原本可以摘下星辰，
现在却得由古井代为！

你们这些旁观者，
谋杀者的手并未向你们举起，
尘土也并未从你们的渴念中
抖落，
你们在那里纹丝不动，那里，
他被化成光。

（1945/1946 年）

阴影早已降下

阴影早已降下。
并非现在
时间悄无声息的拍击
充满了死亡——
生命树[1]上飘落的叶——

恐怖者的阴影降下
穿过梦的玻璃,
被但以理[2]的解梦之光照亮。

以色列四周,黑色的森林令人窒息地生长,
上帝的午夜女歌手。
她消失在黑暗中,
默默无名。

哦,世间所有林中的夜莺[3]啊!
是死去民族有羽翼的后代,
是破碎心灵的指路人,

白日满溢着泪水，

呜咽着唱出，呜咽地唱出，

临死前喉中可怕的沉默。

（1945/1946 年）

1. 生命树出现在《创世记》第 2 章,是伊甸园里的一棵树。它也出现在《启示录》第 22 章,是圣城新耶路撒冷唯一的一种树。而在犹太教卡巴拉主义中,生命树象征了通往神的道路,它由十种质点(或译"源质")组成,上帝通过这些质点彰显自身。

2. 但以理是《但以理书》中的主角,神赐给他明白各种异象和梦兆的能力,因为能解释巴比伦王尼布甲尼撒奇异的梦境而被委以重任。

3. 关于夜莺的象征意义,参见《谁曾清空你们鞋里的沙》一诗中的注释 2。

死去新郎的祷词[1]

蜡烛[2]

我为你点燃的蜡烛，
用空中的火语诉说，震颤，
眼里淌下水；从坟墓
你的尘土清晰地向着永生呼唤。

哦，贫寒屋子里高贵的幽见。
假如我能知道，这些元素的意义；
它们指释着你，因为一切都永远
指向着你；我百无一用，唯有哭泣。

（1943/1944 年）

1. 组诗标题中的"新郎"以及诗中的"爱人",应该是萨克斯从小就认识的一名男子,萨克斯在少女时代与他相恋,却遭到反对,两人并未走入婚姻。这名男子因参与抵抗纳粹运动而被捕,并被严刑拷问,萨克斯也因此被盖世太保多次审问。在萨克斯与母亲流亡瑞典前,这名男子最终殉难,这成为诗人内心永远的创伤。她在致瓦尔特·贝伦德松(Walter A. Berendsohn)的信中写道:"黑暗笼罩着这个已经成熟了的少女的岁月。一种宿命感击中了十七岁的她,一直持续到毁灭性的希特勒时代。这才是她后期创作的真正源泉。"

2. 萨克斯流亡前的大部分诗歌都是带有浓厚浪漫主义风格的韵诗,到瑞典后创作风格发生巨大转变,大部分诗歌都是无韵的。《死去新郎的祷词》这组诗中前几首(《蜡烛》《夜晚,你是我眼睛的慰藉》《或许连上帝也需要渴念》)仍旧采用了早年常见的交叉韵四行体诗,译诗也尽量还原。

夜晚，你是我眼睛的慰藉

夜晚，你是我眼睛的慰藉，我失去了爱人！
太阳，你在晨与昏的脸庞中携着他的血。
我的神啊，如果现在地上有一婴孩要降生，
请别允许他的心在血色的太阳前碎裂。

谋杀者，你的恐怖装束来自哪块坟上的尘土？
一阵风载着他，从一颗被夜魔蛊惑的星辰，
如死亡之雪般列队向下，穿越苦难抵达神处，
谋杀者，十截的受难木桩在你的手里滋生。

因此你在杀戮时感觉不到爱的惊颤，
因为爱从众多亲吻中最后一次向你吹气——
因此你们，摧毁约伯的你们，没有答案，
本可以朝向祂，朝向祂，重新将你浸润！

（1943/1944 年）

或许连上帝也需要渴念

或许连上帝也需要渴念,不然它还能在何处停留,

它用亲吻、眼泪和叹息,填满空中的神秘房屋——

或许它是不可见的土地',星星灼热的根系在此间

游走——

离别的田野上有光束之声,向着重逢高呼?

哦,我的爱人,或许我们的爱在渴念的天空已孕育

新天地——

正如我们的呼吸,一吸一呼,铸成死生的摇篮?

我们都是沙粒,因诀别而黯然,迷失于降生的金色

秘密,

或许将临的星月与太阳,已把我们重新点燃。

（1944/1945 年）

1. 萨克斯在 1957 年 12 月 30 日致玛吉特·阿本尼乌斯(Margit Abenius)的信中写道:"我相信穿越痛苦,相信穿越尘埃的灵魂,也相信我们开启的行动。我相信一个不可见的宇宙,我们在那里记录自己在黑暗中完成的东西。我能感受到光的能量,它能在音乐中让石头炸裂。肉体和思念可怕的矛头让我痛苦,这种思念从开始直到死亡都击打着我们,刺戳着我们,却也让我们到外部去寻找,到开始产生不安全感的地方去寻找。"

还有你

还有你，我的爱人，
也生来就有奉献的双手，
能在杀死你之前，
扯下鞋子。
一双必须奉献的手，
倘若它们化为尘土。
你的鞋子是小牛皮制的。
或许是祖传的，上了色，
用锥子钻了孔——
但谁知道，那里还栖居着
最后一丝存活的气息？
你的鲜血与大地之间
短暂的分离，
鞋子里进了沙，如砂时计
时刻填充着死亡。
你的双脚！
思想捷足先登，
很快到了上帝的身旁，

于是双脚累了，

为了追上你的心而受伤。

但小牛皮，

母牛温暖的舌

曾舔舐过它，

旋即被剥下——

如今它再一次被剥下

从你的双脚

被剥下——

哦，我的爱人！

（1943/1944 年）

你从永恒中
回想起一切遗忘之事。

你回想起充满死亡的脚印

你回想起充满死亡的脚印

差役正在逼近。

你回想起孩子颤抖的唇

他不得不学会与母亲分离。

你回想起母亲的双手，

她掘墓，为了怀中饥肠辘辘的孩子。

你回想起失去灵魂的语词，

新娘向着死去的新郎，述入空气。

（1943/1944 年）

> *早晨的衣裳不是*
> *晚上的衣裳。*
> ——《光明篇》

痛苦，异星的计时器

痛苦，异星的计时器，

每分钟都染上了不同的阴暗——

痛来自你碎裂的门，

来自你碎裂的梦，

来自你离去的脚步，

清数着最后的生命，

来自你践踏的脚步，

来自你蹒跚的脚步，

直到在我耳中消失。

铁栅栏前，

脚步终点的痛苦。

铁栅栏后，渴念的田野开始起伏——

哦，死后才计算的时间，

漫长的操练后，死亡变得轻省。

（1943/1944 年）

我看见熔炉立着的地方

我看见熔炉立着的地方——
还找到一顶男帽——
哦，我的爱人，怎样的沙
才懂得你的鲜血？

没有门的门槛
任人踩踏残荼——
我的爱人，我有预感
上帝已降雪盖满你的屋。

（1943/1944 年）

拂晓时

拂晓时，
每当鸟儿醒来——
死亡丢下的尘土
开始了渴念的时辰。

哦，降生的时刻，
在痛苦中旋转，进而形成
新生者的第一根肋骨。

爱人啊，化为尘土的你，
你的渴望呼啸着穿透我心。

（1943/1944 年）

假如我能知道

假如我能知道,
你最后的目光落在何处。
是一颗石头吗?它已经恣饮了
许多临终的瞥眼,直到目光
在昏盲中落向盲者。

又或落在泥土上?
足以填满一只鞋,
泥已发黑
经过这么多离别,
这么多死亡的预备。

又或落在你最后走过的路上?
它代所有昔日的道路,
向你道一声珍重。

是一滩水?一块反光的金属?
也许是敌手的皮带扣,

或是天上的

某个微不足道的占卜师?

又或许,这个地球不允许任何人

不受眷爱地离开这里,

它遣来一只小鸟作为信号?[1]

回想起你的灵魂,它颤动着

在痛苦中焚毁的身躯。

(1943/1944 年)

1. 古罗马有一种通过观看飞鸟来占卜凶吉的方法，被称为 "auspicium"。鸟卜师在天空划出一个区域，通过飞鸟在此区域的飞行轨迹来判断神的旨意。

我见他见。

——耶胡达·茨维[1]

你的双眼

你的双眼，哦，我的爱人，

是牝鹿[2]的双眼，你的瞳孔

如上帝的狂风暴雨过后

天际舒展的长虹——

万载千年如蜜蜂般，

在那里采集着神夜之蜜，

西奈之火[3]的最后光焰——

哦，你们这些

通往内在国度的透亮之门，

覆着无数旷野的沙粒，

走向祂时无数痛苦的里程——

哦，你们这些

熄灭的眼啊，视力衰退，

退入主的金色奇诡中，对此

我们唯知晓迷梦。

（1943/1944 年）

1. 耶胡达·茨维(Jehuda Zwi)是以色列的宗教学者,主要研究比较宗教与宗教对话。

2. 萨克斯小时候曾养过狍鹿作为宠物。

3. 根据《出埃及记》记载,耶和华在以色列民面前降临在西奈山上。祂在大火中降在山上,山的烟气上腾,如烧窑一般。耶和华从火焰中对以色列人说话,百姓只听见声音,却看不见祂的形象。

写入空中的墓志铭[1]

沿街叫卖人[G. F.][2]

你还有长路要奔波

从针线到天使——

死亡来端详你的破烂货,

他的刃在镰刀尖唱啼,

张开剪刀,如风婆娑

亚麻布上的月色白惨

清除了童鞋里的沙粒——

你却站在了可怖的开端

恐惧如重量般层递。

你的双脚早已习惯徒步,

认得路,其他的路。

你的眼已测量了尺骨,

从长久的遗忘中融化了世镜。

你的双手紧握钱币,

念着阿们,祈祷者般殒命。

(1943 年夏)

1. 1942 年秋至 1943 年春夏,萨克斯陆续获悉一些曾与她亲近的友人的死讯,便萌生了为他们撰写墓志铭的念头。她在 1944 年 9 月 12 日致贝伦德松的信中写道:"这些挽歌于我自己而言也成为了巨大的奥秘。我和生病的母亲在这里,病的起因是我们之前所经历的各种惊悸与恐怖。我最眷爱的一些人被夺走,送往波兰。曾经有几个夜晚,我能感觉到他们的死亡,感受到他们撕心裂肺的痛苦。这就是这些哀歌,这些墓志铭。"这组墓志铭诗多为韵诗,在萨克斯流亡后的诗中较为罕见,译诗尽量还原。参见组诗《死去新郎的祷词》的注释。

2. 在 1943 年 7 月 18 日致艾美莉亚·福格克洛-诺林德(Emilia Fogelklou-Norlind)的信中,萨克斯写道:"《沿街叫卖人》:他曾有个流动货摊,后来才开始挨家挨户叫卖。他身材矮小,瘦骨嶙峋,有双蓝色的眼睛,十分友善。"在 1945 年 11 月 11 日的信中,她提到自己刚完成的神秘剧《艾里》(*Eli*):"我甚至不敢想象,以我的贫乏,我竟胆敢触碰如此恢弘的东西。但《哈西德之书》里说,每个人都有这样的权利,甚至是行走穿过整个大地的沿街叫卖者,他们带着贩卖的商品,更真切地观察着石与花。"

集市女商贩 [B. M.]

你所做的,是在地上的集市贩卖温柔的动物,
如牧羊女般,向成群的买主循循善诱地描述。

四周有归家的鱼发光,泪水化为荣耀的衣裳,
鸽子藏起腿,为沙中的天使落笔千行。

你的手指,触着流血的秘密,离别的红,
将小小的死纳入庞大的死亡中。

(1943—1946 年)

斯宾诺莎研究者[H. H.]'

你阅读,手持贝壳。
携温柔的离别玫瑰,夜临。
你的房间成隽永的定格,
旧罐头里泛起乐音。

烛台在黄昏余晖中点起;
你燃灯献上遥远的祝福。
祭祖龛座中橡树的叹息,
逝去之物颂赞相遇中途。

(1943 年夏)

1. 在 1943 年 7 月 18 日致福格克洛-诺林德的信中,萨克斯写道:
   "《斯宾诺莎研究者》是关于一个朋友的丈夫。他非常虚弱,瘸
   腿,带着贵族气质,声音柔和。"萨克斯指的是她青年时代的朋友
   朵拉·雅布隆斯基(Dora Jablonski)的丈夫胡戈·霍尔维兹
   (Hugo Horwitz),他是一位独立学者。这对夫妻在 1942 年被送
   至特雷津集中营,但从未到达,下落不明。

女舞者[D. H.]¹

你的双脚并不太了解土地，
在萨拉班德舞曲² 里游移
直到边缘——
因为渴念是你的神情。

你安睡处有一只蝴蝶寝息
化身时有最明显的标记，
你很快就将抵达那里——
毛虫与土蛹，已成一物。

在上帝手上。
沙中有光。

（1943 年夏）

1. 在 1943 年 7 月 18 日致福格克洛-诺林德的信中,萨克斯写道:
   "《女舞者》是关于我的好友,即斯宾诺莎研究者的妻子。他们都
   是非常好的人。她和丈夫一起被送往集中营,在里加(拉脱维亚
   首都)失踪,下落不明。"她是萨克斯青年时代的好友朵拉·雅布
   隆斯基。她们曾一同分享对文学、绘画和音乐的感受。朵拉
   1926 年嫁给胡戈·霍尔维兹(参见上一首《斯宾诺莎研究者》的
   注释)之后,依旧维持着与萨克斯的友谊。
2. 萨拉班德舞曲是一种庄严、缓慢的三拍子西班牙舞曲。

傻瓜 [H.F.]¹

原本,你几乎把星编入花冠
但紫堇花更容易织成圆环。

戴月光石的蟾蜍²
在午夜向你窗内窥睹。

原本,你听到世界之音——
却继续安睡,受扰不惊。

晨曦之桥,鸡鸣之际
深夜捕鱼,所获无几³。

预言家,混合梦境与纸牌
一阵风让他的光熄灭衰败。

(1943 年夏)

1. 在 1943 年 7 月 18 日致福格克洛-诺林德的信中,萨克斯写道:"《傻瓜》是关于一个音乐家,他有很多职业身份,几乎是个天才。"这名音乐家的具体身份未知。

2. 参见莎士比亚《皆大欢喜》第二幕第一场:"逆运也有它的好处,就像丑陋而有毒的蟾蜍,它的头上却顶着一颗珍贵的宝石。"

3. 这两行诗可能影射两个圣经典故。首先是《路加福音》第 5 章 1—11 节所记载的渔夫西门跟从耶稣的故事:"耶稣站在革尼撒勒湖边,众人拥挤他,要听神的道。他见有两只船湾在湖边;打鱼的人却离开船洗网去了。有一只船是西门的,耶稣就上去,请他把船撑开,稍微离岸,就坐下,从船上教训众人。讲完了,对西门说:'把船开到水深之处,下网打鱼。'西门说:'夫子,我们整夜劳力,并没有打着什么。但依从你的话,我就下网。'他们下了网,就圈住许多鱼,网险些裂开,便招呼那只船上的同伴来帮助。他们就来,把鱼装满了两只船,甚至船要沉下去。西门彼得看见,就俯伏在耶稣膝前,说:'主啊!离开我,我是个罪人。'他和一切同在的人都惊讶这一网所打的鱼。他的伙伴西庇太的儿子雅各、约翰,也是这样。耶稣对西门说:'不要怕!从今以后,你要得人了。'他们把两只船拢了岸,就撇下所有的,跟从了耶稣。"其次是《马可福音》第 14 章 66—72 节所记载的门徒彼得三次不认主:"彼得在下边院子里;来了大祭司的一个使女,见彼得烤火,就看着他,说:'你素来也是同拿撒勒人耶稣一伙的。'彼得却不承认，说：'我不知道，也不明白你说的是什么。'于是出来，到了前院，鸡就叫了。那使女看见他，又对旁边站着的人说：'这也是他们一党的。'彼得又不承认。过了不多的时候，旁边站着的人又对彼得说：'你真是他们一党的！因为你是加利利人。'彼得就发咒起誓地说：'我不认得你们说的这个人。'立时鸡叫了第二遍。彼得想起耶稣对他所说的话：'鸡叫两遍以先，你要三次不认我。'思想起来，就哭了。"

弱智姑娘[B.H.]

你爬上一座沙山
朝向祂无助浪游!
向下滑落;你的记号消散。
智天使' 为你争吵不休。

(1943 年)

1. 智天使,或音译为基路伯,是一种超自然的生命体,出现在旧约《创世记》和新约《启示录》中,是一种有翅膀的高等级天使。亚当与夏娃被赶出伊甸园之后,耶和华在伊甸园东边安设基路伯和四面转动发火焰的剑,把守伊甸园与生命树。在《光明篇》中,基路伯被描绘成带着童颜的小天使,他们身陷火焰,却从灰烬中重新崛起,成为消亡与复活的象征。

不安的人 [K. F.]¹

所有街道越来越窄。
是谁将你逼迫伤害？

你永达不到目的！
犹如手风琴涟漪，

重又被撕开的街道——
因为眼里全然不晓。

去往蓝色的远方仙境
山岳星辰，苹果树成荫。

风车转动，仿佛古计时器
报时，直至时间抹去痕迹。

（1943 年）

1. 在 1943 年 7 月 18 日致福格克洛-诺林德的信中,萨克斯写道:
   "《不安的人》是关于一名雕塑家。"这名雕塑家的身份至今未知。

提线木偶戏演员［K.G.］

广阔世界曾到达你的戏场

鞋里进了沙，颊上印着远方。

你在太阳线丝边将它拉入

世界在你的里程碑上安宿。

燕子在以利亚'的头发里

搭建窝巢；直至他在渴慕中惊起。

掘墓人挖寻着疑谜

在玫瑰夜找到了童贞女。

微笑与恸哭这对双生子

尝试在爱中合一。

于是地球和着星宿的音乐共舞

在你的手中；直到它们沉默离去。

（1943—1946 年）

1. 以利亚是公元前 9 世纪的以色列先知。根据《列王纪上》记载，
   以色列王亚哈与他的妻子耶洗别行耶和华眼中看为恶的事，敬
   拜巴力，耶和华便派以利亚来对抗亚哈王。以利亚告诉亚哈，若
   自己不替王祷告，必不降露不下雨。耶和华让以利亚在干旱期
   藏在约旦河东边的基立溪旁，让他喝溪里的水，并派乌鸦在早晚
   给他叼来饼和肉。

女画家[M. Z.]

你就这样去开门，一个乞妇：

死亡，死亡你在哪儿，——

就在你脚下——

领我去睡海——

我要画下最爱的人

可指尖刚刚一动，

他们已变得苍白。

我那千疮百孔的鞋里进了沙

那就是你——你——你——

我画下曾为血肉的沙——

或金发——或黑发——

或是亲吻，和你撒娇的手

我画下沙——沙——沙——

（1943—1946 年）

女冒险家 [A. N.]¹

或许你只与水球嬉戏²
它们在空中击碎，无声无息。

但这七色的光
向每个人露脸。

只是一刹那间
好似天使的丰田。

却是你最后一次冒险——
静谧；灵魂从火中逐迁。

（1943 年）

1. 在 1943 年 7 月 18 日致福格克洛-诺林德的信中，萨克斯写道：
   "《女冒险家》是关于我中学时的一个同班同学，是个标致的
   美人。"

2. 可以比较歌德《西东合集》中的《诗歌与雕塑》(Lied und Gebilde)
   最后一节：

> "我如此消解内心之火，
>
> 歌啊，你便开始鸣响；
>
> 诗人纯洁的手掬水，
>
> 水也会凝成球一样。"
>
> （杨武能 译）

藏石家 [E. C.] [1]

你在石头中收集

尘世时间的静恬。

绿柱石里闪着多少晨曦

水晶石里多少远方显现，

野豌豆上的蜜蜂

酿着数千年的蜜，

蛋白石有先知的远见

早就向你透露了死的讯息。

冲破人类的夜晚

你从裂缝中言说光明——

外壳被刺穿时的语言，

我们所知寥若晨星。

（1943 年）

1. 在 1943 年 8 月 6 日致福格克洛-诺林德的信中,萨克斯写道: "《藏石家》是关于一位仪表堂堂的白发老人,他向我父亲透露了许多关于石头的秘密,我们从他那里获得了不少华丽的宝石,其中有一块山水晶,里面包裹着一只蜜蜂。"萨克斯从他父亲那里继承了他的宝石收藏。

溺水身亡的女人［A.N.］

你总在找寻,出生那一天丢失的珍珠。
耳中的黑夜之音,是你找寻的着魔之物。

大海从四面冲刷着灵魂,你潜入波涛。
鱼,深处的天使,在你伤口的光亮中闪耀。

(1943—1946 年)

忘记一切的女人[A.R.]'

迟暮之年，一切都格外隐幽。

微小的事物如蜜蜂般飞走。

你忘了一切话语，忘了物件的模样；

越过玫瑰与荨麻，递给仇敌你的手。

（1943 年）

1. 在 1943 年 7 月 18 日致福格克洛-诺林德的信中,萨克斯写道:
   "《忘记一切的女人》是关于一个老妇人,她最终在养老院被
   杀害。"

午夜过后的合唱曲[1]

离弃之物合唱曲

废墟里的壶

我是否曾是一把壶,黄昏如美酒般流泻,

时而是玫瑰花杆上被俘的月亮?

我开启了老妪的死夜

当她喘息已如拴桩上的山羊[2]。

壶啊,壶啊!我们持握

被挤压进告别的量度;流淌的自然。

我们如同心脏,从那里继续压迫,

然后停止,一如时钟里的时间。

燃烧了一半的蜡烛

哦,我的阴影之镜!我在你里面看见,我看见——

墓灰中伸出的手,把一颗星搅乱。

时间在它死亡的摇篮里嚎叫——我看见

以色列的嘴在痛苦中,弯曲如环。

一只鞋

丢失了人的尺码；我就是孤独，

在这世上寻找孤独的兄妹——

哦，以色列，我是你双脚的痛苦

一阵刺耳回音，向着天际腾飞。

合唱

自从我们成为尘土，已经

被许多的死亡从你们那里驱逐——

你是采摘死者青丝后捆成的发束，

枯萎成奇迹，成为饼[3]。

这儿是一本书，大千世界在此环行，

秘密在裂缝后窃窃私语——

将它投入火中，光就不再孤苦伶仃，

而灰烬酣眠后重成星形[4]。

而我们背负人类双手的封印

而他们的目光沉陷，如钓饵——

因此，像念出镜中逆文那样读我们，

先是死去之物，再是人的尘埃。

（1946 年夏）

1. 这组诗由十三首合唱曲与终曲《圣地之声》组成。"合唱曲"是一种集体性的音乐艺术。在古典戏剧中,歌队的合唱充当戏与戏、场与场之间的串联转换,也为下一场戏的演员提供做准备和休息的时间。"合唱曲"在基督教音乐传统中更是具有举足轻重的意义,从中世纪的格里高利圣咏,到文艺复兴时期以帕莱斯特里纳为代表的无伴奏合唱(A cappella);到巴洛克时期,用于宗教仪式的圣乐在巴赫、亨德尔为代表的一批伟大作曲家那里臻于完美,进入古典、浪漫主义时期,又一批伟大的合唱巨作既是宗教仪式上的圣乐,也可以在世俗音乐会上演出,如贝多芬的《庄严弥撒》、勃拉姆斯的《德意志安魂曲》等。萨克斯的这组诗选用"合唱曲"形式,有其历史深意。组诗大部分以"我们"(wir)开头,诗人想以此撤销浪漫的个人化主体性,构建一种整体的诗性声音。

2. 萨克斯在此使用了一个文字游戏,上一行的 Greisin 是 Greis(年迈者)一词的女性化名词,与本行同为阴性的名词 Geiß(山羊,羚羊)发音接近,都象征着一种孱弱无助的存在。

3. "奇迹"与"饼"(原文作"面包")的组合让人想起圣经中"五饼二鱼"神迹。耶稣将五个饼和两条鱼分给五千名会众吃,众人吃完后,门徒收集(参见上一行的"采摘"一词)剩下的零碎食物,竟然还装满了十二个篮子。"五饼二鱼"象征着神恩的丰盈。但在这里,收集的是死者的头发,它们汇集起来,如同曾经的"饼"之"奇迹"一般无穷无尽。

4. 此处可能是影射凤凰浴火燃烧后在灰烬中重生。同时,在火焰中展翅的新生的凤凰,也是南天星座之一——凤凰座的形态。

获救者合唱曲

我们获救者[1]，

死亡已把空骨切制成它的笛，

死亡已在脊筋上拉响它的弓——

我们的躯体还在申诉

以其遭残害的音乐。

我们获救者，

为我们脖颈而备的绳索仍旧拧着

悬挂在眼前的蓝天中——

沙漏中也仍旧装着我们滴下的血。

我们获救者，

恐惧的蠕虫仍旧在吞吃着我们。

我们的星球已埋葬在尘土里。

我们获救者

请求你们：

让我们慢慢看你们的太阳。

带我们逐步从一颗星到另一颗星

让我们轻轻地重新学习生活。

否则，一只鸟儿的歌唱，

110

在井边打满水的木桶，

都可能让粗粗封起的伤痛崩裂

把我们如泡沫般抹去——

我们请求你们：

先别给我们看正在撕咬的狗——

有可能，有可能

我们便沦为尘土——

在你们的眼前沦入尘土。

究竟什么将我们的网系在一起？

我们这些已无气息者[2]，

早在我们的肉体获救前，

灵魂便已从深夜中逃向袘，

逃往瞬间的方舟[3]。

我们获救者，

我们按着你们的手，

我们认出你们的眼——

但只剩离别将我们系在一起，

尘土中的离别

将我们与你们捆在一起。

（1946 年 5 月/6 月）

1. 萨克斯使用了"Geretteten"（获救者）一词，而非更常见的"Überlebende"（幸存者）来指代在战争中幸免于难的群体。"Gerettteten"一词来自动词"retten"（救助，拯救）的被动态，更强调其被动性，也正是这首诗的核心：肉体虽然得救，灵魂却依旧处在灰暗的"死"之边缘。

2. 此处诗人使用了罕见的"odemlos"（没有气息）一词，而非更常用的"atemlos"（没有呼吸）。在《创世记》中，"耶和华神用地上的尘土造人，将生气吹在他鼻孔里，他就成了有灵的活人，名叫亚当。"（2:7）马丁·路德正是将希伯来文中的 rûaḥ(רוח)一词译为"Odem des Lebens"，即"生命的气息"，和合本圣经译为"生气"。这个词在这首诗中正表现了"我们获救者"虽然呼吸尚存，却已丧失了从神而来的那一口使人获得"灵"的"气"。失去了生命的气息，"我们"便只能"沦为尘土"，正如《诗篇》所唱："你掩面，它们便惊惶；你收回它们的气，它们便死亡归于尘土。"（104:29）

3. 影射《创世记》中"挪亚方舟"的故事，"挪亚方舟"是人类在灾难来临时最后的逃亡处所，象征着神的救赎。

流浪者合唱曲

我们流浪者，

将路途像行李般拖在身后——

穿戴着一块土地的碎片

我们歇歇脚——

泪水中学到的语言搅成一锅，

喂养自己。

我们流浪者，

每个十字路口都候着一扇门，

门后是狍鹿[1]，是动物中长着孤儿眸子的以色列，

消失在叶涛簌簌的林中，

云雀在金色的农田上欢唱。

在叩门处，

一片孤海与我们一同静止。

哦，你们守卫者，佩着熊熊燃烧的剑[2]，

我们流浪双足下的尘粒

开始将血液送到脚踝——

哦，在土地大门前的流浪者，

从向远方问候开始，

我们的帽子就染上了星星[3]。

我们的躯干如折尺般横在地上

丈量着地平线——

哦，我们流浪者，

为了下一双鞋而蠕动的虫，

我们的死会像门槛一般

横跨在你们紧闭的门前！

（1946 年 5 月／6 月）

1. 狍鹿是一种生活在山地的动物,夏天毛皮是红金色,冬天加深到棕色甚至黑色,靠近尾部有一撮白毛。狍鹿主要出没于欧洲的森林,性情非常温和,特别是长着一双楚楚动人的眼睛。可以参考女诗人罗泽·奥斯兰德(Rose Ausländer)的诗歌《我的夜莺》(*Meine Nachtigall*)中的"狍鹿"形象。

2. 可以联想到守卫伊甸园的智天使(也音译为"基路伯"),他们是最高等级的天使。参见《弱智姑娘》的注释。

3. 帽子"染上了星星"让人联想到犹太人被迫佩戴的六芒星(也称"大卫星")标记。

孤儿合唱曲

我们孤儿

我们控诉世界：

有人砍下我们的树枝

掷入烈火中——

有人将我们的守护者做成柴火——

我们孤儿躺在孤独的原野。

我们孤儿

我们控诉世界：

父母在夜里与我们玩捉迷藏——

在夜的黑色褶皱后，

他们的脸孔凝视我们，

他们的嘴说话：

我们曾是伐木人手中的枯枝——

我们的眼却成了天使的眸

凝视着你们，

他们的目光

穿透夜的黑色褶皱——

我们孤儿

我们控诉世界：

石头成了我们的玩具，

石头有脸孔，父亲的和母亲的脸孔

他们不像花朵那样枯萎，不像动物那般啃食——

若将他们扔进焚炉，也不像枯枝那样燃烧——

我们孤儿

我们控诉世界：

世界为什么夺走了我们温存的母亲

还有父亲，他说：我的孩子你像我！

于是我们孤儿再也不像世上任何一人！

哦，世界

我们控诉你！

（1946 年 5 月/6 月）

亡者合唱曲

黑色太阳的恐惧

如筛子般刺伤我们——

从死亡时刻的汗水中淌下。

我们承受的死亡

肉体凋零好像沙丘上的野花。

哦,你们,还能问候尘土一如对待朋友

你们,讲着话的沙对沙说:

我爱你。

我们告诉你们:

尘土奥秘的大衣已撕碎。

窒塞我们的空气,

焚烧我们的火焰,

我们的残渣被扔进的土地。

与我们的冷汗一同滚落的水,

与我们一同裂开,随后开始闪光。

我们以色列的死者告诉你们:

我们已继续将一颗星

递入隐匿的上帝。

（1946 年 5 月 /6 月）

影子合唱曲

我们影子,哦,我们影子!

刽子手的影子

被你们罪行的尘土所钉——

受难者的影子

画鲜血的剧本在墙上

哦,我们无助的黑翅蝶¹

在一颗继续安静燃烧的星上被捕获,

而我们必须在地狱起舞。

我们的木偶戏艺人只懂得死亡。

哺育我们的金色乳母

如此绝望,

哦,太阳你的容颜转向

我们也沉落——

或者让我们映照出一个孩子

雀跃中高举的手指

以及一只飞在井沿边的蜻蜓

轻柔的幸福。

（1946 年夏）

1. 原文为"Trauerfalter",即单环蛱蝶,翅面黑色,有白色斑纹。德语构词中"Trauer"有"哀悼、服丧"之意,在诗歌中显然影射死亡。

石头合唱曲

我们石头[1]

如果有人举起我们

就是高举起了太初——

如果有人举起我们

就是高举起了伊甸园——

如果有人举起我们

就是高举起了亚当与夏娃的醒悟

以及古蛇吃土的诱惑[2]。

如果有人举起我们

就是在手中举起万亿追念

它们还未溶在血里

如同日暮。

因为纪念碑[3]就是我们

包含着一切死。

我们是装满往生者生命的背囊。

谁举起我们,就举起了大地变硬了的墓穴。

你们雅各的身躯，

我们保留梦的根源，为了你们隐匿。

让轻薄的天使阶梯[4]

如牵牛花[5] 圃的藤须般萌发。

如果有人触碰我们

就是触碰了哭墙。

你们的哀哭如钻石般切碎了我们的刚硬

直到它崩裂，成为柔软的心——

而你们却石化了。

如果有人触碰我们

就是触碰了午夜道路的折点

发出生与死的响声。

如果有人抛掷我们——

就是抛掷了伊甸园——

星辰的葡萄酒——

恋爱中人的眼睛和背叛——

如果有人盛怒之下抛掷我们

就抛掷了永恒的破碎之心

和丝绸般的蝴蝶。

守护你们，守护你们

盛怒之下别用石头扔——

我们的混合物被灵气吹过⁶。

它虽在奥秘中僵硬

却可以在吻中苏醒。

（1946 年夏）

1. 这首诗标志着这组诗的转折,诗人由此开始让自然界中的生命开始发声。保罗·策兰在 1953/1954 年创作了一首名为《你举起石头中的哪一块》(*Welchen der Steine du hebst*)的诗歌作为回应:

> 你举起石头中的哪一块——
>
> 你夺走,
>
> 要求石头的保护:
>
> 赤裸,
>
> 重新恢复了联结。
>
> [……]

   在 1960 年 5 月 7 日致萨克斯的信中,策兰写道:"我从这首诗认识了您。也从《石头合唱曲》还有《孤儿合唱曲》开始认识您。(这两首诗都是六、七年前在《档案》杂志上刊载的。)"

2. 见《创世记》3:14:"耶和华神对蛇说:'你既作了这事,就必受咒诅,比一切的牲畜野兽更甚;你必用肚子行走,终身吃土。'"

3. 德语中的"纪念碑"(Gedenkstein)一词由"Gedenk-"(纪念,回想)与"Stein"(石头)组成。

4. 这三行诗影射了以色列人的祖先雅各的故事。雅各用一碗红豆汤买走了哥哥以扫的长子名分后,以扫心中兴起仇恨要杀雅各,雅各便逃到舅舅拉班那里去。他在逃亡途中梦见天梯,见《创世记》第 28 章 12—15 节:"梦见一个梯子立在地上,梯子的头顶着天,有神的使者在梯子上,上去下来。耶和华站在梯子以上,说:'我是耶和华你祖亚伯拉罕的神,也是以撒的神,我要将你现在所躺卧之地赐给你和你的后裔。你的后裔必像地上的尘沙那样多,必向东西南北开展;地上万族必因你和你的后裔得福。我也与你同在,你无论往哪里去,我必保佑你,领你归回这地,总不离弃你,直到我成全了向你所应许的。'"

5. 旋花科的植物,蔓茎能依附支架不断缠绕着向上攀爬,虽然花瓣"轻薄",但生命力极强,影射上一诗行中翅膀轻薄、却不断盘旋而上的"天使阶梯"。

6. 参考《获救者合唱曲》注释2。

星辰合唱曲[1]

我们星辰,我们星辰,

我们流浪着,闪耀着,歌唱着的尘土——

我们的姐妹地球成了瞎子,

在天空的荧幕中——

她成了一声喊叫,

在歌唱者中——

她,最充满渴念,

在尘土中开始她的作品:创造天使——

她,在奥秘中承载极乐

如同含金矿的水流——

在夜里被汲空后,她躺卧

如同街巷上洒着葡萄酒——

她肉体上邪恶的黄色硫磺灯蹦跳。

哦,地球,地球

一切星辰之星

渗透着思乡的痕迹

她是上帝亲自开启的

是否已无人记得你的青春？

已无人作为泳者而投身

死亡的诸海？

是否无人的渴念能够成熟，

得以上升犹如蒲公英

天使般飞翔的种子？

地球,地球,你是否成了瞎子

在昴宿星团姐妹[2]的眼睛前

或天秤座[3]审查的目光里？

谋杀者双手递给以色列一面镜子

它在濒死中望见自己死的模样——

地球,哦,地球

一切星辰之星

终将有个星座[4]会叫做镜子。

然后,瞎眼的你将重新看见！

（1946 年夏）

1. 萨克斯起先想把这首诗作为组诗的最后一首,但出版社没有接受她的这一愿望。

2. 昴宿星团由七颗星组成,所以又被称为七姐妹星团,是一个大而明亮的疏散星团,裸眼可观测到。在古希腊神话中,她们是提坦神阿特拉斯与宁芙女神普勒俄涅的七个女儿。

3. 在古希腊神话中,天秤座是正义女神阿斯特莱亚做出善恶裁判时所使用的天平。天秤是正义与公平的象征。

4. 在 1947 年 10 月 27 日致卡尔·泽里希的信中,萨克斯写道:"我相信,或更准确地说,我一直能感受到苦难释放出的力量,它们在永恒中积聚,孕育出新生命,爱可以创造世界,鲜血的星座于我而言正是这样的图景。"

不可见之物合唱曲

哭墙之夜！
埋入你的是沉默的诗篇，
填满了死亡的足迹
如同成熟的苹果
在你那儿找到了归乡。
打湿了你黑苔的泪水
聚拢起来。

因为天使已经来了
篮中盛着不可见之物。
哦,相爱者被拆散的目光
创造天空者,孕育世界者
为了永恒而被温柔地采摘
披上被杀孩子的酣眠,
在温暖的黑暗中
新的崇高渴望正在萌芽。

在一声叹息的奥秘中

将萌生和平的未吟之歌。

哭墙之夜，
你会被祈祷的闪电击碎
所有在昏昏欲睡中错过上帝的人
在你正坍塌的高墙后
朝向祂觉醒。

（1946 年夏）

云之合唱曲

我们满是叹息，满是目光

我们满是笑声

偶尔承载你们的脸孔

我们距你们并不遥远。

谁知道，有多少涌自你们的鲜血

将我们染红？

谁知道，你们泼洒的多少泪水

源自我们的哭泣？多少渴望塑造了我们？

我们是死亡游戏者

让你们温柔地习惯死亡。

你们技艺生疏，夜里一无所长。

赐予多少天使，

你们都视而不见。

（1946 年夏）

树之合唱曲

哦,你们世上一切被逐者!

我们的语言由泉和星混成

就像你们的一样。

我们的肉制成你们的字母。

我们是攀升的流浪者

我们认出你们——

哦,你们世上一切被逐者!

今天,人把牝鹿¹拴在我们的枝干上

昨天,狍鹿在我们的树干周围用玫瑰点染了牧场。

你们足迹中的最终恐惧消散于我们的和平里

我们是巨大的日规²

在鸟儿的歌鸣周围嬉戏——

哦,你们世上一切被逐者!

我们指向一个奥秘

随黑夜开启。

(1946 年夏)

1. 还可参照《你的双眼》一诗。

2. 日规是日晷上的一个装置。日晷是靠太阳位置的移动来显示每日时间的一种装置,包含一个平面圆盘和将影子投影在该平面上以指示时间的日规。

安慰者合唱曲[1]

我们是园丁，没有花[2]

种不出药草

从昨日到明日。

鼠尾草在摇篮里凋零——

迷迭香[3]面对新的死者失了芳香——

甚至苦艾也只在昨日苦涩。

慰藉的花朵只是短暂地萌芽

无法抵达孩子苦痛的泪水。

新的种子或许会

播种在夜晚歌手的心中。

我们中谁有权去安慰？

在下沉路的深处

在昨日与明日之间

站着智天使

用羽翼描绘着哀悼的闪电

他用双手拨开

昨日与明日的岩石

如同伤口的边缘

应当敞开

仍不可愈合。

哀悼的闪电还不能让

遗忘的田野睡去。

我们中谁有权去安慰？

我们是园丁，没有花

站在一颗闪烁的星辰上

哭泣。

（1946 年夏）

1. 在 1947 年 10 月 27 日致卡尔·泽里希的信中,萨克斯写道:"我的书里有一首《安慰者合唱曲》。我的意思是,我们的民族受难之后,我们与一切之前的表述间都隔着一道深渊。一切都是贫乏的,没有言语,没有支柱,没有音调——(仅仅如此,一切比喻都已被超越)。我们必须寻找到,贫乏至此究竟还能做什么。我们时不时越过边界,遭遇失败,但我们依旧想要为以色列作出贡献。我们不想只写美妙的诗歌,我们想与卑微不幸的名字,与那些可能沉沦者,与不可言说之物,与无名者捆绑在一起,即使无法为它们贡献什么。我想这才是关键,因此我们与前人不同,因为痛苦的纪元不允许被言说、被思考,只能忍耐承受。"

2. 可参照荷尔德林的诗歌《谟涅摩叙涅》(*Mnemosyne*):"我们是符号,没有意义。"

3. 很久以来,迷迭香就与葬礼习俗相关。在古埃及,哀悼者常常将这种香味浓烈的植物放入亡者手中,帮助他们寻找到通往彼岸之路。在古希腊,人们为亡者戴上迷迭香花冠,相信迷迭香的浓烈香味能抵挡各种传染性疾病,因此迷迭香也是哀悼者与亡者之间的一道保护屏障。

未生者合唱曲

我们未生者
身上的渴望已开始形成
血岸延展,迎接我们
露珠般沉入爱。
时间的阴影还仿佛疑问
覆盖着我们的秘密。

你们恋爱者,
你们渴慕者,
听着,你们因别离而忧郁者:
我们在你们的目光中开始生活,
在你们的手中,在蓝色的空中找寻——
我们有明日的馨香。
你们的气息已把我们吸入,
拽入你们的酣眠中
拽入梦境,那是我们的地球
夜晚,我们的黑色乳母,
在那里哺育我们成长,

直到我们映照在你们眼中

直到我们对你们的耳说话。

像蝴蝶一样

你们渴念的密探将我们捕获——

像把鸟鸣出卖给土地——

我们在早晨散发馨香，

我们是照亮你们悲哀的将来之光。

(1946 年夏)

圣地之声

哦,我的孩子们,
死亡驶过你们的心脏
如同穿过葡萄园——
把以色列涂红画在地球的所有墙垣。

住在我沙粒中的微小神圣
该去哪里?
亡者的声音穿过
离别的芦管说:

把复仇的武器放到耕地上
让它们变轻——
因为在地球的怀里
铁与谷是兄妹——

住在我沙粒中的微小神圣
该去哪里?

孩子在熟睡中被杀害，

又站起来；折弯了千年之树，

并把一颗呼吸的白色星辰

它曾叫以色列

钉上它的冠冕[1]。

快回到那儿，它说，

那儿眼泪意味着永恒。

（1946 年夏）

1. 我们在这几句诗中可以读到基督教与犹太教意象的结合："在杀害，又站起来"的孩子影射复活的基督，而"曾叫以色列"的"白色星辰"又让人想到犹太大卫星。因此，组诗的结尾似乎指向基督教与犹太教在未来的和解，使和解成为可能的唯一地方就是"眼泪意味着永恒"之地。

19

49

星辰暗淡

———————— 1949

纪念我的父亲[1]

1. 奈莉·萨克斯的父亲威廉·萨克斯(Georg William Sachs, 1858—1930)经营一家橡胶制品工厂,同时也是个热爱艺术的发明家。萨克斯在未发表的童年故事《切里翁》(*Chelion*)中描写过她与父亲的关系。贝伦德松打算撰写萨克斯传记时提到,萨克斯曾在1959年1月22日的信中这样描述自己与父母早年的共同生活:"我们家总是笼罩着一种深切的悲剧性宿命感,唯有父亲的伟岸与母亲内敛的爱使生活没有彻底陷入灰暗。亲爱的瓦尔特,我的童年绝非市民阶级宁静的家庭生活,恰恰相反:父亲的每一次呼吸都将存在的勇气重新带回这个家。他很有天赋,具有文艺复兴气质,各种发明的点子不断从他脑袋里涌出来。不过他总是让一切只是在途中,而不到达终点,就好像诗人为了在当下有新创作所采取的面对自己早期作品的方式。他对一切丰富的知识敞开自己,音乐尤其深深吸引他。不过在青年时代,我除了无限仰慕他之外,并没有与他建立起特别亲密的关系,我对他的感情是一种深深的敬畏。直到他病重接受我的照料时,他才逐渐向我敞开自己。"

导读

　　1947 年春,建设出版社出版了诗集《在死亡的居所》。同年 10 月 20 日,奈莉·萨克斯就这样告诉表兄曼弗雷德·格奥尔格(Manfred George):"我又完成了一本献给以色列的诗歌。这次,当第一首诗打破了痛苦的山峦之后,我试着寻找以色列更隐秘的脉络。我将其中一部分诗献给那些以色列最初的人物形象。"创作这本诗集的同时,萨克斯还在创作一部名为《海盐中的亚伯拉罕》(*Abraham im Salz*)的戏剧,后者于 1951 年誊清。萨克斯在 1947 年 11 月 6 日致库尔特·品图斯(Kurt Pinthus)的信中这样写道:"随信寄来刚刚完成、还未出版的新诗集中的几首作品。诗集的第一部分尝试通过以色列民族的伟大人物,为所有人找到永恒的线索与生命的榜样;第二部分描述了流离失所者、痛失父母者的命运;而最后的第三部分'在奥秘中'则是十分私人的,基本上表现的是死亡临近的奥秘。我将这部分献给我亲爱的母亲,她正承受着巨大的痛苦。"诗集标题来自《哦,日暮长空里无乡的颜色》(*O die heimatlosen Farben des Abendhimmels*)一诗:"星辰暗淡,我们这些残存者来自何方?"整整一年后,萨克斯完成了这部新诗集，1948 年 5 月 10 日，她与贝尔曼-菲舍尔出版社签订了出版合同。

事实上，萨克斯原本依旧想在建设出版社出版第二部诗集。1947 年 11 月 18 日，她就将临时的手稿寄给了出版社负责人艾里希·温特（Erich Wendt）：“我这里的文学圈人士认为，应该尽快让公众读到这些新诗。我自己也觉得，为了让人性全面触碰到被遗忘的事物，不能再浪费时间。因此我附上新诗中的选段。”当时萨克斯建议诗集的标题为“贝壳呼啸”。但是，该出版社在 1948 年 4 月 7 日的回信中拒绝了出版提议：“文本的难度太大，对我们很有挑战，我们没有能力出版您的第二部诗集。”

与菲舍尔出版社的合同最初计划以《贝壳呼啸》为标题印刷五百册，最终改为以《星辰暗淡》为标题印刷了两千册。与《在死亡的居所》相比，《星辰暗淡》并未被广泛阅读，大部分滞销书本来要被化为纸浆，在萨克斯的干涉下才未销毁。萨克斯在 1949 年 12 月 7 日致古德伦·丹奈特（Gudrun Dähnert）的信中说：“我从菲舍尔出版社那儿还未获得任何收入，询问也没有意义。不过编辑说这并不影响诗集的成功，因为书出版后收到了多方好评。但是印刷十分昂贵。”

至于创作动机，萨克斯在 1948 年 10 月 9 日给丹奈特的信中写道：“一对来自波兰的年轻夫妇搬进了我们之前住的屋子。他们都去过集中营。他们谈到被杀害的家庭和孩子，痛苦到让人只想闭上眼睛，因为人无法承受星辰坠落。我试着在新诗集里抓住这段末世时间，并让背后永恒的奥秘闪现微光。我们的时代虽然如此恶劣，但也必须像过去的所有时代一样，在艺术中寻找它的表达。必须敢于尝试各种新方式，因为旧方式已不足以表达。"以色列于1948年5月14日宣布独立后，萨克斯十分担心紧接着会发生战争，她在5月21日写信给贝伦德松："是的，但愿现在大以色列地区又恢复了和平。犹太民族的命运这么快就被正在发生的事件掩埋掉了，仿佛人类很高兴能摆脱一项自己无法应对的责任。如果我能为人类保持清醒的记忆做出一点贡献，我的生命就有其价值了。"

时间是旅人

当睡眠如烟般渗入身体

当睡眠如烟般渗入身体，

似熄灭的天体，又在别处燃起，

人就此歇息，

争执停止，

被赶走的驽马，摆脱了

骑士的梦魇[1]。

它的步伐

从隐蔽的节拍中释放，

像井上的辘轳，敲打着地球之谜。

一切人为的死亡，都回归血肉狼藉的巢穴。

当睡眠如烟般渗入身体，

被哺的孩子呼吸着，臂弯拥着月亮小号。

泪水困倦到已失去流淌的渴望，

然而爱走尽一切弯路，

重又在起点止息。

是时候让小牛犊用新生的舌头

去尝试母亲的身体，

错误的钥匙无法锁上

尖刃锈在里面

直锈到晨曦的苍白荒原，

可怕的曙光里，从遗忘中绽放。

当睡眠如烟般渗出身体，

奥秘让人饱足

将争执的驽马

驱赶出马厩，

重新开始喷火的联结

死亡在每一朵五月的花蕾[2] 中苏醒

孩子亲吻一块石

于星辰暗淡时。

（1947 年）

1. 传说中,梦魇是一种类马的魔兽,夜晚覆在睡觉的人身上。可以参照瑞士画家约翰·海因里希·福斯利(Johann Heinrich Füssli)以"梦魇"为主题的著名系列画。

2. 可参照德国诗人海因里希·海涅(Heinrich Heine)著名的短诗《在娇美的五月》(*Im wunderschönen Monat Mai*),收入他的第一部诗集《歌曲集》(*Buch der Lieder*)。德国作曲家罗伯特·舒曼(Robert Schumann)后来将这首诗作为声乐套曲《诗人之恋》(*Dichterliebe*)中的第一首进行谱曲。

恳求着的天使

恳求着的天使，

火焰如灼烈的晚霞

烧尽一切居住者，直至黑夜——

墙垣与器具，炉灶与摇篮，

渴望残留下的件件杂物——

渴望，在微风的蓝帆中飞翔！

恳求着的天使，

死亡的白地板不再承载任何东西，

却生长出绝望中种下的树林。

振臂成林，手是枝条，

伸入夜堡，伸入星袍。

耕犁保卫生命的死亡。

恳求着的天使，

在死寂无声的树林，

那是死亡画师的阴影

是恋爱中人透明的泪珠

谷种。

犹如震慑于风暴，

又生根于月亮的母亲，拔出根，

噼啪作响中，灰白的枯枝衰落。

可孩子们还在沙里玩耍，

练习从夜中造出新物，

因为他们还存有变化中的温热。

恳求着的天使，

为沙祈福，

让它能理解渴望的语言，

愿从中生出新物，从孩子的手中，

永远有新物！

（1947 年）

夜,夜

夜,夜,
你并未爆裂成碎片,
时间随着殉道的
撕裂的太阳
在你被大海覆盖的深渊沉没——
死亡之月
是跌落的地球穹顶
移入你默然淌出的鲜血中——

夜,夜,
你曾是秘密的新娘
装点着阴影百合[1]——
你昏暗的玻璃杯中闪烁着
渴慕者繁复的海市蜃楼
爱递给你
待放的清晨玫瑰——
你曾是描绘的梦境
彼岸之镜与预言之口——

夜，夜，

而今你成了墓园

埋葬可怖的星辰船难——

时间无言地在你里面隐匿：

带着它的标记：

坠落的石

和烟做的旗[2]！

（1947 年）

1. 在天主教传统中，白百合象征着圣母的纯洁无染。萨克斯在这里自造了一个词"Schattenlilie"（阴影百合），恰好是白百合的反极。

2. "坠落的石，和烟做的旗"让人联想到彗星，在古代，彗星一般被视为灾祸降临的凶兆。

愿被害者不变成迫害者[1]

脚步——

你们保藏在

哪些回音的洞穴，

你们曾向耳预言

即将到来的死亡？

脚步——

不再是鸟的飞行，也不是内脏的展露[2]，

更不是渗血的火星[3]

道出死亡抵达的神谕——

只是脚步——

脚步——

刽子手与牺牲者的古代游戏[4]，

迫害者与被害者，

猎人与猎物——

脚步

撕裂着时间
把狼群系在时辰上，
让逃亡者的逃亡
灭绝在血中。

脚步
用喊叫和叹息计量时间，
鲜血溢出，直至凝结成块，
死亡的汗水堆积成时——

刽子手的脚步
踏在牺牲者的脚步上[5]，
地球运转的秒针，
被哪轮黑月[6]可怕地牵动？

天体的音乐[7]中
何处响起你们的厉声尖叫？

（1947 年）

1. 该诗作于 1947 年。在 1948 年 10 月 9 日致古德伦·丹奈特的信中，萨克斯写道："我们这儿因为福克·伯纳多特的事件而感到彻底失望。印度人和犹太人，这两个民族都因受到神秘法规的束缚而拒绝一切杀戮，今年却都违背了这一法规。我们只能恳请祈求，愿被害者永远不要变成迫害者。"萨克斯指的是 1948 年发生的两起暗杀事件：福克·伯纳多特（Folke Bernadotte）是瑞典国王奥斯卡二世的次子威斯堡伯爵之子，1948 年任联合国巴勒斯坦调停官，负责调停第一次以阿战争，主张耶路撒冷不属于以色列，要求联合国监管以色列的机场及港口，引起了以色列的拒绝。1948 年 9 月 17 日，他被以色列恐怖分子在耶路撒冷暗杀。此外，1948 年 1 月 30 日，印度国父圣雄甘地遭一名印度教狂热分子枪击死亡。甘地曾带领印度以非暴力不合作的方式脱离英国的殖民统治获得独立，但一些主张印巴分治的民族主义者拒绝他的非暴力哲学，认为他对伊斯兰教徒和巴基斯坦让步过多。

2. 在古代，占卜师会通过观察鸟的飞行路径，或根据献祭动物内脏的模样来预测神的旨意。

3. 火星一词源自古罗马神话中的战神玛尔斯（Mars）。

4. 在 1960 年致希尔德·多敏（Hilde Domin）的信中，萨克斯写道："刽子手与牺牲者这个主题自萨特的剧作以来，就经常被讨论。我自己也思考了很多。我们必须敢于迈出这样一步，就是抹去刽子手和牺牲者的概念。人性无法在这些概念里存留,甚至灵魂的星辰也可能陨落。直到最后一滴血流尽,我都经历着这样的体验。"

5. 在散文集《胁迫下的生活》(*Leben unter Bedrohung*)中,萨克斯记载了被盖世太保搜家时的恐惧感:"传来了脚步声。猛烈的脚步声。正当性在这脚步声中降落。脚步踢到门上。然后他们马上说,时间属于我们!"

6. 即新月。

7. 可以追溯到毕达哥拉斯关于和谐天体的理论。他提出,太阳、月亮和行星根据各自不同的距离和速度,发出自己独特的天体物理声音,这些声音组成一种和谐的共振。波爱修斯在《哲学的慰藉》和《音乐的纲要》中,也曾将音乐分为三类,第一类就是"宇宙音乐"(或称"天体音乐")。

你啊,世界哭泣的心

你啊,世界哭泣的心!
崩裂的谷种
分开生与死。
上帝想从你那里发现
爱的胚芽。

你是否隐在孤儿身上,
他倚着生命的栏杆
艰难前行?
你是否居住在
星星最安全的藏匿处?

你啊,世界哭泣的心!
当时辰到来,
你也将上升。
因为渴望不能留在家里
它建起桥梁
从星到星!

(1947 年)

地球

地球，
绷紧了你死亡的所有琴弦，
最后亲吻了你的沙粒；
经历了太多离别，太多死亡，
沙粒已变黑。

或许他们感受到你必须死去？
太阳会失去她最爱的孩子
你的海洋，
涌起泡沫，点燃亮光的水马'
被系在月亮上。
染成蔚蓝色的夜，
月亮认得盛载渴望的新盆？

地球，
他们把多少伤痕刻入你的外皮
辨读你的星辰字体
裹在夜中，直升至祂的宝座。

但微小的死亡如蘑菇

在他们的手中生长，

他们熄灭你的火把，

合上智天使守卫的眼睛[2]

天使，迟到的泪，掘金者

在苦痛的山峦中，

重新将叶丛中的花朵，将人

深深埋入

动物诸神的墓碑下。

地球，

即使她的爱出走，

她的火烧尽，

你的身上静下来，空了——

或许在空中无眼之地，

其他星辰开始闪烁

好像蜜蜂，被曾存之物的香气吸引——

无名的尘埃，你被命名，

被赋予诸多流浪者之名

被他们铸成永恒之金

它有极乐的故土。

（1947 年）

1. 原文为"Wasserpferde"，是萨克斯的自造词，由"Wasser"（水）和"Pferd"（马）组合构成。结合这句诗，应该指浪涛汹涌翻滚，卷起粼粼的波光，就好像浪水中有千军万马在向前奔驰。
2. 见《弱智姑娘》《流浪者合唱曲》的注释。

哦，你们动物！

你们的命运像秒针一样转动
微小的步伐
人性中未获救赎的时辰。

唯有被月亮拽起的
雄鸡鸣嗷¹，
或许知晓
你们远古的时间！

你们剧烈的渴望
仿佛盖上了石头
我们不知是什么
在漫着离别烟雾的牛棚里怒吼
当牛犊被母亲
撕裂。

是什么在痛苦的元素中沉默
鱼儿在水与陆地之间跳跃？

我们的鞋底有多少尘埃

被击中了羽翼,只能爬行?

日暮时它们站立,如敞开的墓穴。

哦,血肉模糊的战马

被苍蝇确凿无疑地叮蛰

田间的花朵透过空洞的眼窝生长!

占星的巴兰

并不知晓你们的奥秘,

而他的驴子

注视着天使[2]!

(1947 年)

1. 参考《马可福音》中彼得在鸡叫第二遍之前三次不认主的典故。参见《傻瓜》一诗注释 3。

2. 巴兰与他的驴子的故事典出《民数记》第 22 章。巴兰是外族人的一个占卜师，旧约记载他为谁祝福，谁就得福，咒诅谁，谁就受咒诅。摩押人的王看到以色列民兴旺，心中惧怕，就请巴兰来咒诅以色列人，但是耶和华命巴兰不可咒诅以色列民。摩押的使臣来时，巴兰就骑上驴同去。途中，耶和华的使者站在路上阻挡他，巴兰看不见天使，巴兰的驴却看见持刀站在路上的天使，就从路上跨进了田间。巴兰见驴不听从命令，就三次打驴。于是耶和华就让驴开口说话质问巴兰。之后，巴兰眼目明亮，终于看见了天使，天使告诉他，要不是驴三次偏行，巴兰早就死了。于是巴兰认罪回转，为以色列祈福。"巴兰的驴子"代表平日沉默温顺的人，在关键时刻突然进行抗议。

死亡泥人[1]

死亡泥人！
搭起了支架
木匠们来了
仿佛一群猎犬
贪婪地
追捕你影子的螺纹。

死亡泥人！
世界的肚脐[2]
你的骷髅展开双臂
做出虚假的赐福！
你的肋骨躺卧在地球的纬线上
恰到好处！

死亡泥人！
孤儿的床上
站着四个智天使
展开羽翼，

容颜遮蔽——³

而旷野上

种着破裂的杂草

衰弱的园丁

让苹果在月亮边成熟！

年迈的老人在星空里

用天秤掂量

哭泣的终结

从云彩到蠕虫！

死亡泥人！

没有人能够将你

从时间中提出——

因为你的醉血是安全的

你缺铁的身体

与所有的废物

重新瓦解成开端！

废墟中住着双重的渴望！

石头裹着青苔沉睡

青草中的紫菀

茎杆上生出金色的太阳。

有人在沙漠中

看见远方的美[4]，

失去新娘的人，

拥抱空气，

因为造物不可彻底毁灭——

所有脱轨的星辰

在最深的坠落中

永远能重回永恒的家。

（1947 年）

1. 原文为"Golem"，音译自希伯来语，原意是"胚胎"，是中世纪早期犹太文学中的一个神话人物，是用巫术灌注到黏土中而产生自由行动能力的人偶，拥有巨大的力量，能够完成被赋予的任务。在犹太教拉比传统中，用"Golem"表示一切未成形、未完成之物。奥地利作家古斯塔夫·梅林克（Gustav Meyrink）在1915年出版的小说《泥人戈伦》（*Der Golem*）中，用泥人戈伦象征了犹太民族。这个"人造人"并未成为真正的人，只具备某种潜在的生命。他的额头上本来刻有希伯来文的"真理"（AMT），但是第一个字母被抹去后，就成了MT，即希伯来文中的"死亡"，于是戈伦最终重新坍塌为一堆烂泥。

2. 古希腊人有崇拜"翁法洛斯"（希腊文中的"肚脐"）的传统。翁法洛斯最初是德尔斐的阿波罗神殿中的一块圆形石器，象征着世界的肚脐。传说中，它是从天而降的流星，据说宙斯曾放出两只老鹰，一只向西飞，一只向东飞，两只老鹰在环绕地球一圈后在这一点汇合，因此"世界的肚脐"这一表述意即世界的中心。

3. 旧约记载了守护约柜的智天使的模样，见《出埃及记》第25章17—22节，耶和华这样晓谕摩西："要用精金作施恩座，长二肘半，宽一肘半。要用金子锤出两个基路伯来，安在施恩座的两头。这头作一个基路伯，那头作一个基路伯，二基路伯要接连一块，在施恩座的两头。二基路伯要高张翅膀，遮掩施恩座。基路伯要脸对脸，朝着施恩座。要将施恩座安在柜的上边，又将我所要赐给你的法版放在柜里。我要在那里与你相会，又要从法柜施恩座上二基路伯中间，和你说我所要吩咐你传给以色列人的一切事。"

4. 可能影射"海市蜃楼"的景象。

相爱之人是受庇护的

相爱之人是受庇护的
在四周封闭的天空下。
一种隐秘的元素赋予他们呼吸
他们将石头带入祝福中
一切生长之物
在那儿还有一方故乡。

相爱之人是受庇护的
夜莺只为他们歌吟
并未在痴聋中死绝
森林的轻柔传奇，狍鹿，
温良中为他们受难。

相爱之人是受庇护的
他们理解夕阳的隐痛
在血色的柳枝上——
深夜里微笑着练习死亡，
带着所有流入渴念的泉源，

轻声殒命。

（1947 年）

贝壳呼啸[1]

亚伯拉罕

哦,你
来自月亮封闭的吾珥[2],
在大洪水中沥干的沙丘[3]
你感受到
上帝奥秘的呼啸贝壳[4]——

哦,你
从巴比伦的哭泣星座中
举起现存生命的永世[5]——
把天上田家的谷种
抛入今日火焰般的薄暮中,麦穗燃烧。

哦,你
从羊角号中吹出新千年[6],直到
大千世界的角落在乡愁之音中弯曲——

哦,你
将渴望绑在不可见的天际线上
将天使召集到夜的国度——
为攀升的先知列队
预备梦的苗圃——

哦,你
从有预知力的血液中
蝴蝶之词**灵魂**[7] 破茧而出,
路标飞离,朝向未知之境——

哦,你
来自迦勒底的占星者港口
怒吼的波涛,还一直饱含泪水
在我们的血管中寻找海洋。

哦,亚伯拉罕,
射透太阳与月亮的
一切时代的时钟,
你将它们调至永恒——

哦,你燃烧奇迹的永世,

我们必须随肉身携至终点——

在那里，一切纯熟尽跌落！

（1946 年 11 月 12 日前）

1. 这组诗中的一部分原本应该收入诗集《在死亡的居所》中。萨克斯称它们是"以色列的受难诗"。在 1947 年 6 月 25 日致瑞典诗人拉格纳·图尔希（Ragnar Thoursie）的信中，萨克斯写道："诞生了一组新诗，你在那里能听到我的民族从原初之源的现实中所发出的呼喊。"

2. 根据《创世记》第 11 章 28 节和 31 节的记载，他拉（他拉是挪亚的儿子闪的后裔。巴别塔停工后，闪的后裔分散在全地）带着他的儿子亚伯拉罕和儿妇撒拉出了迦勒底的吾珥（或译作"乌尔城"，这座美索不达米亚的古城是崇拜苏美尔的月神南纳[Nanna]的圣地之一），要往迦南地去，走到哈兰时，他们就住在那里，他拉也在哈兰去世。吾珥当时位于底格里斯河与幼发拉底河注入波斯湾的入海口，其遗址位于今伊拉克境内。作为亚伯拉罕的故乡，吾珥也成为犹太人的发源地。

3. 见《创世记》第 6 章至第 8 章所记载的大洪水。

4. 或许出自瑞典语中的"susande mussla"。根据犹太教的传统，呼啸的贝壳中隐藏着各种人类体验。

5. 原文为"Äon"，源自古希腊文，意为"永恒""永世"，没有界限的时间维度。

6. 犹太教中有用公羊号角制成的名为"Schofar"的一种古老的号角乐器，通常用于宗教仪式。在犹太新年、赎罪日的末尾等都要吹奏羊角号。根据《创世记》第 22 章的记载，亚伯拉罕在准备献祭他的儿子以撒时,天使制止了他,并用一只公羊代替了他的儿子献为燔祭。参考《曾有一人》注释2。

7. 在古希腊语中,"psyche"一词既可以表示蝴蝶,又有灵魂的含义。这种双重含义与蝴蝶在短暂的生命中实现破茧而出的灿烂变形有关。此外,"psyche"一词在古希腊语中还有"气息"之义,让人想到蝴蝶振翅所产生的微风。

雅各

哦,以色列[1]
晨曦中的处女战[2]
一切带血的分娩
书写在破晓时分。
哦,雄鸡啼鸣的尖刀
刺入人性的心脏,
哦,夜与日间的伤口
是我们的居所!

预备赛手,
在星辰阵痛的身体里
在守夜的哀悼中
哭出一首飞鸟之歌。

哦,以色列,
你是为极乐而被娩出——
晨露中有恩典
滴落在你身上——

福佑我们，

被出卖被遗忘的我们³，

在浮冰上呻吟着

死亡与复活，还有

我们头上的沉重天使，

我们朝向上帝脱臼⁴

一如你！

（1946 年 11 月 12 日前）

1. 雅各是以撒和利百加的小儿子。根据《创世记》第 32 章的记载，雅各与一个神秘人角力后改名为"以色列"，意为"与神角力者"。

2. 根据《创世记》第 32 章记载，雅各在流亡途中，曾与一个神秘人（神，或天使）在黎明时分角力摔跤。那人见自己敌不过雅各，就在他的大腿窝摸了一把，雅各就立即扭伤了。雅各坚持要获得那人的祝福，不然就不放他走。于是那人说"你的名不要再叫雅各，要叫以色列，因为你与神与人较力，都得了胜"，并为雅各祝福。

3. 此处影射雅各（以色列）最宠爱的小儿子约瑟。约瑟的哥哥们嫉妒父亲爱约瑟胜过爱他们，就恨约瑟，并把他卖到了埃及。见《创世记》第 37 章。

4. 此处依旧是影射雅各与神（或作天使）角力的过程中被摸后扭了大腿筋。

倘若先知闯入

倘若先知闯入

穿过深夜之门，

诸魔神的黄道十二宫

如同一顶恐怖的花冠

盘绕在头顶——

坠落又上升的天空

用双肩掂着秘密的重量——

为了早已远离战栗的人们——

倘若先知闯入

穿过深夜之门，

把星辰之路吸入掌心

金光闪耀——

为了早已深陷酣眠的人们——

倘若先知闯入

穿过深夜之门

用话语撕碎伤口

卷入习俗的旷野，

获取更孤僻之地，

为打零工者。

他们在夜晚已不再等待——

倘若先知闯入

穿过深夜之门

找一只耳如寻故乡——

人类的耳

荨麻丛生的耳

你会倾听吗？

倘若先知的声音

在被杀害的孩子

竹笛般的骨架上吹奏，

他们呼出

被受难者的呼喊烧焦了的空气——

倘若他们建造

用惨死老者的嗟叹筑起的桥梁——

人类的耳

总是忙于细听繁琐凡微之音

你会倾听吗？

倘若先知

领入劈风斩浪的永恒

倘若他们这样打开你的耳道：

你们中有谁愿意反对奥秘而战

有谁愿意创造星辰的死亡？

倘若先知奋起反抗

在人类的黑夜

如同相爱之人寻觅恋人之心，

人类的黑夜

你能够赤心相待吗？

（1946 年 11 月 12 日前）

约伯

哦,你这痛苦的风玫瑰[1]!
从远古的风暴
被拽入雷雨中,永恒地迷失方向;
你的南方仍叫做孤独。
你站立之处,是痛苦的圆心。

你的双眼深陷入颅骨,
似深夜巢中的雏鸽
被猎人随手抓走。
你的声音早已喑哑,
因为问了太多次"为何"[2]。

你的声音进入蠕虫与飞鱼。
约伯,你的泪水浸湿了所有守夜人[3],
而你鲜血中的星象
终将令所有旭日泛白。

(1946 年 11 月 12 日前)

1. 风玫瑰（Windrose）是用来描述某个地区风向和风速分布的图，一般分成十六个方向，或三十二个方向，是罗盘玫瑰（即罗盘方位图）的前身，两者皆因形似玫瑰而得名。

2. 见《约伯记》第 10 章，约伯对神的诘问。

3. 见《约伯记》第 30 章 26—31 节："我仰望得好处，灾祸就到了；我等待光明，黑暗便来了。我心里烦扰不安，困苦的日子临到我身。我没有日光就哀哭行去，我在会中站着求救。我与野狗为弟兄，与鸵鸟为同伴。我的皮肤黑而脱落，我的骨头因热烧焦。所以，我的琴音变为悲音，我的箫声变为哭声。"

但以理[1]

但以理，但以理——

他们死的地方

在我的睡梦中苏醒——

他们的煎熬随着肌肤的干瘪而消逝

那里的石头暗示了

中断了的时间上的伤痕——

拔起树木

用根蔓抓住

今日与明朝之间的

尘埃变迁。

倘若被扼喉的呼喊撬开地牢[2]，

用沉默的力量

推助一颗初星的降生——

倘若道路沿着象形文字的足迹[3]

淌入我的双耳，

宛若流入时钟，

唯死亡能转动。

空气中漫着无墓的叹息，

悄然潜入我们的呼吸——

但以理，但以理，

你在哪里，恐怖的梦之光？

未解的标记在梦中越积越多——

哦，我们这些失去源头的人，

我们这些不再懂得枪膛的人，

当种子在死亡中

忆起了生命——

但以理，但以理，

或许你在生死之间

站在厨房里，那里有你的光亮，

桌上放着

被扯下紫腮的鱼[4]，

痛苦的国王？

（1946 年 11 月 12 日前）

1. 参见《阴影早已降下》一诗中的注释。

2. 根据《但以理书》第 6 章的记载,大流士朝中的总长和总督企图陷害但以理,让大流士王下令禁止任何人在三十天内向除王之外的神或人祷告祈求。然而但以理还是与素常一样,每日三次向神祷告。于是王下令将他扔在狮子坑中。第二天,大流士王见他毫发无伤,从此重用但以理,并将那些企图谋害他的朝臣扔进狮子坑。

3. 根据《但以理书》第 5 章的记载,尼布甲尼撒王之子伯沙撒王为他的一千大臣、皇后妃嫔设摆盛筵时,突然有人发现有一个指头在墙上写奇特的文字(伦勃朗著名的油画《伯沙撒王的宴席》,就描绘了这个令人惊恐的场面),于是王将一切哲士招来,却无人能解释这些文字。太后遂向伯沙撒王推荐了但以理。但以理告诉伯沙撒王,这是从神那里显出的指头,写下的文字是“弥尼,弥尼,提客勒,乌法珥新”,但以理解释说,这文字的意思是:神已经数算你国的年日到此完毕,你被称在天平里,显出你的亏欠。你的国分裂,归与玛代人和波斯人。伯沙撒王下令奖赏了解读这文字的但以理。当夜,伯沙撒王果然被杀,玛代人大流士夺取了迦勒底国。

4. 新鲜的鱼鳃一般色泽鲜红,而濒死或已死的鱼,鱼鳃则呈现紫色或暗红色。“鱼”在基督教传统背景下象征着被钉十字架的耶稣,而在萨克斯的诗歌中,“鱼”时常代表面对施暴者手无寸铁的牺牲者。

可是你的井泉[1]

可是你的井泉
就是你的日记
噢，以色列！

你在干涸的沙漠中
打开了多少张口，
从活着的生命中
割下死亡的那一份。

你从深处举起了多少
思念所佩戴的闪亮根须，
你为多少星辰展开镜子，
把它们的珠宝首饰
放在幽暗哭泣的睡梦中。

因为你的井泉
就是你的日记，
哦，以色列！

亚伯拉罕在别士巴挖井时[2]，

用七个[3]誓言将主的名字

封印在

水的故土。

土地上的肉身让你们干渴，

在水井涌流的祈祷神龛中

有诸番际遇为你们存留。

天使的脸孔

侧向夏甲[4]的肩膀

如雾气的薄膜

吹散她的死亡。

说话的岩石和

苦水源的玛拉[5]，

带着失落的秘密沉潜

成为甘甜——

你的日记

写入荒漠

闪亮的眼睛里

哦，以色列！

你的心颤动着，

如同寻水魔杖[6]，

夜晚的盘碟

盛着井泉的深度，

神的风景

在此开始绽放，

你啊，诸民中的记忆犹存者，

举起

用你的心壶——

举起

进入井泉干涸的

遗忘地带！

（1947 年春/夏）

1. 在希伯来传统中,以色列民族的起源与井泉有诸多关系(见本诗其他注释)。此外,在北欧传统中,也有"世界之树"与浇灌大树根系的"乌尔德泉"之说。

2. 据《创世记》记载,别是巴的意思是"盟誓的井",有多处记载与水井有关。据第 21 章记载,亚伯拉罕在别是巴与非利士人的王亚比米勒立约,从今往后要厚待彼此,亚伯拉罕在那里栽上一棵垂柳。井与垂柳都是生命涌流的象征。此外,天使也是用别是巴水井拯救困在旷野中的夏甲与儿子以实玛利(见本诗注释 4)。据第 26 章记载,亚伯拉罕与撒拉的儿子以撒在闹饥荒时去往基拉耳,他耕种的收成远远多于当地人,因此非利士人就嫉妒他,把他赶走了。但亚比米勒见神赐福以撒,只能与他立约。以撒的仆人在那里挖到几口活水井,以撒给井起名为"示巴",井所在的城叫"别是巴"。如今,别是巴(也被译为"贝尔谢巴")是以色列内盖夫沙漠中最大的城市,是以色列南区的行政中心,人口主要由犹太人组成。

3. "别是巴"也被称为"七井",因为根据《创世记》第 21 章记载,亚伯拉罕与亚比米勒立约时,曾用七只母羊羔作为挖井立约的凭证。但《创世记》第 26 章只记载了以撒和他的仆人挖到四口井,分别是"埃色""西提拿""利河伯"与"示巴",分别意为"相争""为敌""宽阔"与"誓约",象征着以色列人与非利士人之间关系的改变。

4. 据《创世记》第16章记载，夏甲是亚伯拉罕的妻子撒拉的一名使女，是埃及人。由于撒拉无法生育，就让亚伯拉罕与夏甲同房，夏甲就生下以实玛利，成为阿拉伯人的祖先。夏甲怀孕时，小看无法怀孕的撒拉，于是撒拉就苦待她，夏甲便逃走了。但耶和华的使者在旷野的一口水泉旁向她显现，指示她回到虐待她的撒拉那边，顺从女主人，并让她给将要生下的儿子取名为以实玛利，意为"神听见"，因为神已经知晓了夏甲的苦情。《创世记》第17—21章记载，九十岁的撒拉生下以撒后，便打发夏甲和以实玛利离开。夏甲在别是巴的旷野里迷了路，亚伯拉罕给她的水也喝光了，于是就把孩子放在树下，坐下来哭。神听见以实玛利的声音，就派天使下来援救，让夏甲看见一口水井。

5. 据《出埃及记》第15章的记载，摩西带领以色列人过了红海之后，就进入了书珥的旷野。他们在旷野里走了三天，找不到水喝。到了玛拉(希伯来语意为"苦")，却不能喝那里的水，因为那里的水是苦的，百姓就向摩西抱怨。摩西呼求耶和华，耶和华就指给他看一棵树，命他将树丢进水里，水就变甜了。此后，耶和华也在那里为以色列人定了律例和典章。玛拉的具体位置目前还是个谜。

6. 原文为"schlagrutenhaft"，"Schlagrute"或同于瑞典语中的"slagruta"，即德语中的"Wünschelrute"，是一种用于探测地下水源、石油或矿脉的工具，一般呈 Y 型分叉，又称"寻龙尺"。根据这种源自中世纪的古老探测术,探测者两手抓住 Y 型工具分岔的两端,用第三端指向正前方,当有所发现时,魔杖就会颤抖或下沉。

为何用黑色答复

以色列，为何用黑色答复
对你的存在所怀的憎恨？

你这异乡人，
比其他星宿
从更远处而来。
被卖到这片土地，
孤独得以继承。

你的源头野草丛生——
你的星宿替换了
蛾蚋蠕虫的属地，
从时间的梦沙之岸
被月潮带往远方。

在他人的合唱中
你的歌声
或高一度

或低一度——

你将夕阳掷入自己的血液

好似痛苦去找寻他人。

你投下长长的影子，

已经太迟了

以色列！

你的道路始于赐福，

沿着泪水的永世

到道路的拐角还有多久，

你在那里落入灰烬。

你的敌人

用焚烧你躯体后的烟与雾，

把死亡的孤寂

写到天空的额上。

哦，这样的死亡！

所有助力的天使

扑扇着流血的翅膀，

支离破碎地

困在时间的铁丝网！

为何用黑色的憎恨来答复

你的存在

以色列？

(1947 年春/夏)

西奈[1]

你是星星沉睡的木箱
在夜里被撬开，
所有的宝藏，
相爱之人呆滞的目光，
他们的嘴和耳，腐烂的幸福
落入崇高。
你在记忆面前冒着烟
因为永恒之手翻转了你的沙漏——
血铁石里的蜻蜓[2]
已知晓了它的创世时辰——

西奈
从你的山巅
摩西抬下
被打开的天，
他的额头随步伐
逐渐冷却，
直到阴影中的期盼者

惊恐地承受

帕巾遮蔽下的光耀者[3]——

哪里还有曾经历这惊恐的

继承者的后裔?

哦,他突然闪亮,

在成堆的无记忆者

呆滞者之中!

(1946 年 11 月 12 日前)

1. 西奈旷野是以色列人在摩西的带领下逃出埃及后进入的一片旷野。根据《出埃及记》记载,耶和华在火中降于西奈山顶,并召唤摩西上山代表以色列人与神立约。

2. 血铁石,亦称"赤铁矿",是一种可以制成首饰的较常见的矿石。萨克斯喜欢收集矿石,其中也有封住了昆虫的矿石藏品。

3. 根据《出埃及记》记载,摩西带着凿出的石版上西奈山,耶和华通过他与以色列人立约,将十诫写在石版上。摩西带着石版下山,他的面皮因为和耶和华说话,就发出光来。摩西与以色列民众说话的时候,就用一块帕子蒙上脸。因为在犹太教传统中,凡人无法直接见神的面,见神面的人无法存活。

大卫[1]

撒母耳看见[2]

在地平线的盲人袖章背后——

撒母耳看见——

在决定性区域

在天体燃烧、陨落之处，

牧羊人大卫[3]

驶过天体音乐[4]。

星辰靠近他，

如同蜂嗅到蜜——

人们寻找他时，

他还在跳舞，缭绕于

微眠中的羊羔毛[5]，

直到他站立，

影子投在公羊[6]身上——

君王时代由此开始[7]——

然而壮年时的他，

诗人之父[8]，

却在绝望中

丈量与神的距离，

给路途中的伤口

建造诗篇的夜宿之处。

他临死前赋予蠕虫般的死亡

更多的堕落与放浪[9]，

胜过父辈的军队——

因为从形到形

天使在人群中

深切地哀哭，进入光亮！

（1947 年春/夏）

1. 这里指的是以色列王国的第二任国王大卫。他是耶西最小的儿子，在以色列的十二个支派中属于犹大支派，曾因擅长弹琴而受到第一任国王扫罗的喜爱，又因为杀死了让以色列人害怕的非利士巨人歌利亚而受到百姓的爱戴，此后遭扫罗嫉妒与追杀。在扫罗阵亡后，他成为以色列人的王。

2. 撒母耳是以色列士师时代最后一位掌权的士师。《撒母耳记》中记载了关于大卫的故事。

3. 据《撒母耳记上》第16章记载，耶和华让撒母耳去找接替扫罗成为以色列人王的继承人，耶和华拣选了耶西最小的儿子，牧羊人大卫为王，撒母耳起来膏立他。

4. 据《撒母耳记上》第16章记载，大卫擅长弹琴。当恶魔临到扫罗身上的时候，大卫就为他弹琴，恶魔就离开了扫罗，因此扫罗十分喜爱大卫。

5. 据《撒母耳记上》第16章记载，耶和华让撒母耳选一位受膏者时，大卫的父亲耶西让所有的儿子都从撒母耳身边经过了一番，唯有最小的儿子大卫还在外面放羊。撒母耳让他打发人去把大卫叫回来。

6. 犹太教传统中常以公羊为献祭物，例如亚伯拉罕用一头公羊来代替他的儿子以撒，献作燔祭。在基督教传统中，耶稣被钉在十字架上，是为人类作赎罪的羔羊。根据《马太福音》第1章中耶稣的族谱，耶稣是大卫王的后代。

7. 在士师时代，以色列人的领袖是由神所拣选的智者、先知。撒母耳是带领以色列人从士师时代进入君王时代的最后一位士师。撒母耳膏立的第一位以色列王是扫罗，第二位就是大卫。

8. 在犹太教和基督教传统中，因为大卫擅长弹琴，又创作了许多诗篇，所以被当作诗人与音乐家的代表。

9. 据《列王纪上》第2章记载，大卫在临死之前吩咐儿子所罗门要杀死元帅约押，因为他为报私仇，杀了以色列的两个元帅：押尼珥和亚玛撒。另外，大卫也曾为了彰显自己的荣耀，安排在以色列全境数点百姓，惹怒了耶和华，神就降瘟疫给以色列人，民间死了七万人。诗中所说的"蠕虫般的死亡"，可能影射这一段历史。

扫罗[1]

君王扫罗,从灵里被剪断[2]
好似被掐灭的火线——

手握一团疑问——
知晓答案的女巫[3],踩着暗夜雨靴

搅乱着沙土。
先知撒母耳的声音,

从光圈上被掳夺
似枯萎的回忆,向空中说话——

仿佛狂热的蜜蜂[4]
光的溢出唤入永恒。

君王扫罗的头上,顶着死亡的冠冕——
女巫倒卧,像被光焚烧——

一丝微弱的气流将继承权力，

化为一丝头发，放入沙土中。

（1946 年 11 月 12 日前）

1. 扫罗是以色列的第一任王,由撒母耳根据神的旨意所膏立,他登上王位象征着以色列士师时代的终结。

2. 据《撒母耳记上》第18章记载,大卫战胜非利士人之后,以色列人欢呼着迎接他凯旋归来,说:"扫罗杀死千千,大卫杀死万万。"从那时起,扫罗就嫉妒大卫,想杀死他。从神那里来的恶魔就降在扫罗身上。扫罗知道耶和华离开了自己,与大卫同在,就愈发害怕大卫,厌恶大卫。

3. 据《撒母耳记上》第28章记载,撒母耳死后,扫罗曾派人找来一个交鬼的妇人,招来撒母耳的鬼魂。扫罗告诉撒母耳的鬼魂,非利士人攻击以色列,而且神也不再通过先知或梦境回答自己的疑惑,因此十分害怕。撒母耳的鬼魂告诉扫罗,神已经离开了扫罗,以色列将被非利士打败。

4. 据《撒母耳记上》第14章记载,扫罗曾要求百姓起誓,在战胜非利士人之前不可吃东西,吃的人必受诅咒。但扫罗的儿子约拿单没有听见扫罗让百姓起誓,看到树林里的蜂蜜就吃了,然后眼睛就明亮了。

以色列

以色列，
你曾经无名，
依旧缠绕在死亡的常春藤¹里，
永恒在你里面隐隐作工，梦一般深
你登上
月亮塔楼的魔力旋梯，
环绕着
用动物面具掩蔽的天体——
在鱼的奇迹沉默里
抑或带着疾奔公羊的犟劲。

直到缄封的天空开启
而你，夜游人中的鲁莽者，
被上帝的伤口击中
跌落进光芒的深渊——

以色列，
渴念的巅峰，

你身体上聚集的，

是暴雨般的奇迹，

在你的时代，痛苦山脉中电掣雷鸣。

以色列，

宛若飞鸟之歌

像受难孩童的对话般柔和，

你的血液中涌流出

神的生命之源，那是故乡——

（1947 年春/夏）

1. 常春藤是一种常绿的攀援植物,自古就象征着永生,因此也成为西方传统中常种植于坟墓边的植物。在萨克斯这里,就成为一种矛盾,象征着裹挟着死亡的永恒。

幸存者[1]

隐秘的墓志铭

用橡树因痛苦而弯曲的枝丫，
大地的母腹书写着怎样的卢恩字符，
空中，时间按恐怖图案描绘的天空。

穿长袍[2]的老者——
斗篷由凄风冷雨所裁，
被众多丧烛圣烛点燃——
在绝无故土的语言中叹息——

钢铁战士让你在树边的
波涛中忍受苦难，
模仿着急扭风向的大地逃亡。

痛苦的巅峰！
泪珠木弹奏竖琴，
暴行残留下的死尸

被乌鸦一口口啃噬——

或许就在这里，
这颗星冲破了
黑色尘封的丰实奥秘，
恐惧漫溢，
淌入难以想象的永恒！

（1947年夏）

1. 在 1948 年 11 月 24 日致贝伦德松的信中,萨克斯说:"我知道,我的语词所在之处,常常是海滨的尽头,不确定的事物在那里开始。但以色列现在,或者说一直以来,不就处在这样的位置吗?[……]因此我必须接受许多流亡者的指责,他们要求与殉难前的传统保持一种勾联,但他们所处的时代,却已如同伤口般撕裂。"

2. 原文此处为"Kaftan",即卡夫坦长袍,是一种历史悠久的羊毛或丝绸外套,也是犹太人的传统服饰。

号码

当你们的身形变成灰
沉入夜海,
在那里,永恒将死生
冲入潮汐——

号码起身——
(曾烙在你们的臂上,
无人能逃脱折磨)[1]

流星从号码中升起,
唤入不同的宇宙[2],
光年似箭,由此延展,
行星
则诞生自痛苦的
神奇物质——

号码——它们扎根于
谋杀者的头脑,

并且已被算入

天体循环的

蓝纹轨道。

（1947 年夏）

1. 此处显然是影射集中营里的囚犯身上被刺上的号码。

2. 原文此处用的"Räume"是"Raum"的复数,该词在作可数名词时可作"房间、地区"或"宇宙、苍穹"解,在诗歌中也正好构成双意:号码代表着集中营里的犹太人,他们被唤进不同的营房、甚至是毒气室,而"从号码中升起"的"流星"也被唤入不同的"宇宙"。

老者

那儿，

星的褶皱里，

盖着夜晚的碎布，

他们站着，等待上帝。

他们的嘴锁住了荆棘，

他们的眼丢失了言语，

言如井泉

淹没了一具尸体。

哦，老人们，

眼中负着被焚烧的子孙，

是唯一所有。

（1947 年夏）

大地上的离别已枯萎

大地上的离别已枯萎。
须根生出死亡之花。

梗茎和树干,道路和河流在哪里
从源头到海洋?

大地,新生儿的死亡证明
是你的荣光。

臆想不到的死亡从天而降,
从此再无人知晓花瓣的悄然飘零——

以利亚与以利沙漫长的离别[1]
哀愁的七色虹,如此急切,

从吉甲到伯特利——
如此急切,从耶利哥到约旦河——

心的消逝,在通往上帝的
神秘路上。

离别,回声响彻山谷,
泪水浸湿云雾。

离别,将正午的太阳
拉向守夜人——

离别,大地午夜的露珠
凝在升华者的唇边——

而被弃者,
将他的渴望抛入虚空,

为一个新的世界播种!

(1946 年 11 月 12 日前)

1. 据《列王纪上》记载,先知以利亚听从耶和华的吩咐,拣选以利沙跟随自己。以利沙衷心服事以利亚,最后接替后者成为北国以色列的先知。据《列王纪下》记载,当耶和华要接以利亚升天时,以利沙虽然知道神定的日子,却仍然舍不得与恩师分离,陪伴他从吉甲经过伯特利、耶利哥,一直到约旦河边,亲眼看见以利亚被神接走。

世界，你不要问

世界，你不要问
被死亡掠夺的人去往何方，
他们不断走向坟墓。
陌生城市的石子路
并不为逃亡者的脚步声所铺设——
房子的窗户，映照着尘世时光，
漂泊的祭器台，画册里的天空，
磨光的窗玻璃，不适合
啜饮惊恐水源的双眼。
世界，微笑的褶皱为他们焚尽铸铁；
他们多想去你那里，
因你美丽，
但无乡者的所有归途
皆如插花般凋零——

但是，我们在异乡
有了一个朋友：夕阳'。
受殉难之光的祝福，

我们去往它那里，负着

如影随形的哀伤：

夜的诗篇。

（1946 年 11 月 12 日前）

1. 1948 年夏,萨克斯与她母亲迁到了稍微明亮些的一处公寓,可以照得见夕阳。

我们伤得太深

我们伤得太深，

当巷子里恶语相加，

我们就断定要死去[1]。

巷子并不知情，

他们没有这样的负担；

也不习惯看见，维苏威的疼痛[2]。

在他们身上喷发。

亘古的记忆早已抹去，

自从光线是人工的，

天使只同花鸟嬉戏，

微笑只显在孩子的梦里。

（1947 年 9 月）

1. 萨克斯在 1947 年 9 月的一封信中提到,有一群小男孩常常用石头砸难民家的窗户,以此为乐。幸好常坐在窗边的母亲没有被砸到。此前,还曾有一支箭从碎掉的玻璃窗里射进来。萨克斯虽然不觉得这些野孩子有什么特别的恶意,但他们这种不断寻找靶子的行为让她十分难过。

2. 指位于意大利南部那不勒斯东海岸的维苏威火山。公元 79 年的大喷发一夜间摧毁了火山脚下的庞贝城。

大地的公路上

大地的公路上
躺着孩子们，
与大地母亲
切断了根。
熄灭的爱之光
从她手中落下，
空荡荡的手握住风。

当所有孤儿的父亲，
黄昏，与他们一起
从所有伤口中流血，
颤抖的影子
描摹出躯体中
撕裂心脏的恐惧——
他们突然坠入黑夜
如同坠入死亡。

可在晨曦中的痛苦山脉里，

他们的父亲死了，母亲死了，

一个接着一个。

（1947 年夏）

哦，日暮长空里无乡的颜色

哦，日暮长空里无乡的颜色！
云端盛开的死亡
如新生儿的惨白！

哦，燕子向奥秘
抛出谜题——
海鸥的哀叫丧失人性
来自创世时代——

星辰暗淡，我们这些残存者来自何方？
头顶上有光，光影涂抹死亡
我们来自何方？

时间从乡愁中淌出
像贝壳呼啸'

大地深处的火焰
熟谙我们的毁灭。——

（1947 年夏）

1. 参见《亚伯拉罕》一诗注释 4，根据犹太教的传统，呼啸的贝壳中隐藏着各种人类体验。

我们母亲

我们母亲，

从海夜里

将渴望的种子带回家，

我们是将四散的宝藏

带回家的女人。

我们母亲，

梦幻般地

随着斗转星移，

昨天与明天的洪流，

让我们

与我们的分娩独处

如与孤岛同在。

我们母亲

对死亡说：

在我们的鲜血中绽放吧。

我们把沙带给爱

把一个镜像的世界带给星辰——

我们母亲，

我们在摇篮里

摇晃着

创世日那朦胧的记忆，

一呼一吸

是我们恋歌的旋律。

我们母亲

将和平的旋律

摇入世界之心。

（1947 年夏）

永远

永远

在孩子死去的地方，

至轻之物无家可归。

晚霞披着的痛苦外衣里

乌鸫¹的昏暗灵魂

悲鸣着招来黑夜——

微风吹向战栗的青草

熄灭了光的碎片，

播种了死亡——

永远

在孩子死去的地方，

黑夜里火焰的脸孔

在隐秘中孤独地焚烧——

又有谁识得

死亡遣来的路标：

生命树²的气息，

让白日缩短的鸡鸣，

秋日死灰里的魔钟

施咒进入孩子的小屋——

水冲刷灰岸

时间的酣睡轰鸣，绵延——

永远

在孩子死去的地方

玩具屋的镜子蒙上

微弱的气息，

再也看不见厘厘浦拇指人³

穿着孩子的血袍跳舞

静默之舞站立着

好像望远镜中

脱离了月亮的世界

永远

在孩子死去的地方，

石与星

还有许多梦

都无家可归。

（1947 年夏）

1. 乌鸫是瑞典国鸟。在春天，雄鸟会发出悦耳的叫声，而且乌鸫也是一种特别擅长组合、创造旋律的鸟类。

2. 从影响萨克斯的基督教、犹太教与北欧传统来看，生命树都是一个重要意象。《创世记》中，神在第三日创造了树，并使它们结各种各样的果子，第六日神才从尘土中造了亚当，让他管理伊甸园中各种果树，其中就包括生命树与分别善恶的树。在犹太教卡巴拉传统中，生命树成为创世以及通往上帝之路的表征。在《诗体埃达》(*Poetic Edda*)的首篇，也出现了一棵名叫尤克特拉希尔的白蜡树，这棵高耸入云的"世界之树"掌控着人类的命运，它的枝干伸展到九界之外，连接着天界、地界与冥界。

3. 厘厘浦是爱尔兰作家乔纳森·斯威夫特(Jonathan Swift)的小说《格列佛游记》(*Gulliver Travels*)中的小人国。厘厘浦人的身高只有普通欧洲人的十二分之一。

哀悼的母亲

白昼的荒漠之后，
进入日暮的绿洲，
爱为两个世界哀哭，
跨过浮桥
走来你死去的男孩。
所有沉陷的空中楼阁
被焚毁的殿堂残片，
歌咏与祝圣
在你的哀悼中沉沦，
围绕着他闪耀，
仿佛一座曾被死亡占领的古堡。

他的嘴上沾着乳汁，
他的手越过你的手，
他的影子映在墙上
夜的一羽翅膀，
随着熄灭的灯坠回家乡——
仿佛诱鸟的食饵落入大海，

他在海滩边被引向上帝，

孩子祈祷的回声

还有睡梦边落下的吻——

哦，追忆的母亲，

什么都不再属于你

一切——

因为跌落的星星

穿过遗忘的罂粟花地

在归途找寻你的心，

因为你的怀胎

全都是无助痛苦。

（1947 年夏）

告别

告别——

从两处伤口流着血的词。

昨日还是海之词

随着正在沉没的船

如插在中心的剑——

昨日还是流星之死

刺穿的词——

夜莺的歌喉[1]

被午夜所亲吻——

今天——两片悬垂着的碎片

以及利爪里人的毛发

撕扯的手——

而我们这些还在流血的人——

在你身边失血而亡——

把你的根牢牢抓在手中。

我们这些成群的告别者

建造着你们的黑暗——

直到死亡说:沉默吧——

然而这里:还在流血!

（1947 年夏）

1. 关于夜莺的象征意义,参见《谁曾清空你们鞋里的沙》一诗中的
   注释2。

以色列的土地

以色列的土地

以色列的土地，
你的辽阔，曾由
超越天际的圣人来丈量。
上帝的众长子与你的晨风交谈，
你的山峦，你的灌木
自火焰的呼吸中升起[1]
那里燃着步步紧逼的秘密。

以色列的土地，
为天国之吻
拣选的星辰之乡！

以色列的土地，
被死亡点燃的民众
退入你的山谷[2]，
先祖为返乡者赐福

呼唤声响彻山谷，

向他们宣告，在无影的光亮中

以利亚与农夫一同耕种[3]，

园里的神香草[4]

已长在天堂的墙垣边——

此地与彼地间的狭巷里

如邻人，祂给予并接纳，

死亡无需收割机。

以色列的土地，

你的民众

哭泣着从世界的角落归来，

为要在你的沙土上重写大卫的诗篇

要在丰收的傍晚

唱出休憩之词"成了"——

或许已有一个新的路得[5]

拿着她拾取的麦穗

站在浪途的交叉路口。

(1948 年春)

1. 根据《出埃及记》第3章记载，耶和华的使者曾在何烈山上荆棘火焰中向摩西显现。

2. 第二次世界大战之后，成千上万的犹太人想移居巴勒斯坦。1947年11月29日，联合国大会上通过了181号决议，建议在英国委任统治下的巴勒斯坦领土上分别成立犹太人国家和阿拉伯人国家。此后，居住在巴勒斯坦的阿拉伯人开始袭击居住在巴勒斯坦的犹太人，内战全面爆发。1948年5月14日，英国在巴勒斯坦的托管结束，在巴勒斯坦的犹太人宣布建立以色列国。

3. 根据《列王纪上》第19章记载，以利亚遇到以利沙的时候，后者正在耕地。以利亚将自己的袍子搭在以利沙的身上，赋予他权柄，于是以利沙就离开了自己的耕牛，跟随以利亚。

4. 神香草是一种芳香植物，常被用作香料和药材。旧约中多次提到神香草，和合本圣经译为"牛膝草"，在犹太教传统中常用来洁净祭物或身体，例如在《出埃及记》第12章22节、《利未记》第14章4节、《民数记》第19章18节。《约翰福音》第19章29节中记载，耶稣被钉十字架时，兵丁用海绵蘸了醋，绑在牛膝草上给耶稣喝。

5. 路得是旧约中的人物，根据《路得记》记载，路得是摩押女子，在她的丈夫死后，不舍得留下婆婆拿俄米一人，于是跟随她一起离开摩押地前往伯利恒。她们到达时，恰好是伯利恒收割大麦的时候，路得从早到晚在田里帮忙收割，田地的主人波阿斯看见，就娶了她为妻。路得虽然是外邦人，却因其贤德蒙恩，成为大卫王的曾祖母，也成为耶稣的先祖。

亚伯拉罕抓住风之根

亚伯拉罕抓住风之根
因为以色列将从离散中归乡。

伤口与折磨
聚在世界之宫，
泣陨了所有紧锁的大门。

他的老者几乎生出地衣
像海洋植物伸展四肢，

傅上临终的绝望之盐'，
拥抱夜晚的悲叹之墙——
再有片刻微眠——

男孩们却已张开思念的旗帜，
因为有一片耕地愿为他们所爱
有一片沙漠愿为他们而湿润

房屋应该建在

上帝的朝阳面[2]。

日暮又说出那让紫罗兰羞怯之词，

它惟在故乡才如此泛蓝：

晚安！

（1948 年春）

1. 可能影射《创世记》中所记载的罗得之妻在逃离所多玛和蛾摩拉时，因为一次回头而变成了一根盐柱。

2. 在 1948 年 1 月 18 日致胡戈·贝尔格曼（Hugo Bergmann）的信中，萨克斯写道："您关于阿伦·大卫·戈登（Aron David Gordon, 1856—1922）的报告如此精巧丰富，深深触动了我。一切是如此亲近，如此亲近，仿佛与一位素未谋面者做着同样的梦。在我所住的北方，尤其在乡下，人与'神秘力量'之间存在一种独特的关系，这种关系通常以'第二张脸'的形式表现出来。在以色列的国土上，无止尽的苦难一度导致民族主义情绪高涨，现在又缓和下来了。已被掩埋的泉眼重新开始翻腾，通过这泉眼，我们得以与宇宙万物获得自然的联结。无论是在城市还是乡间，那块土地上的人们开始建造朝着太阳的房屋，那也是朝向祂的房屋。"信中提到的阿伦·大卫·戈登是锡安工人运动的创始人之一，1903 年从俄罗斯流亡至巴勒斯坦，开始从事农业活动，宣传必须通过体力劳动建立人与自然、文化之间的关系。

从荒漠中

从荒漠中，你重新带回居所。
从化为金沙的千年之中。

从荒漠中，重新高举起你的树
它们的根系展至星际——

从荒漠中进入
以色列民的沉睡

白日里，你剪下微眠里的羊毛。
好像携魔杖溯水源

你将上帝盛怒下隐藏的闪电挖出，
把石头滚向祈祷室。

它们筑起沉睡，裹着
伯特利¹的神奇之夜，

冻结的时间生出思乡的长梯。

但日暮时分，当地球在天际线

奏出最后的旋律，井泉是拉结深色的双眸[2]，

亚伯拉罕打开蓝色的神龛。

那里静躺着星座闪耀的冠冕，

那是以色列永恒的奖杯

依偎着沉睡的世界诸民。

（1948 年春）

1. 据《创世记》第 28 章记载，雅各在躲避哥哥以扫的逃亡途中，曾在这里梦见天梯，梯子上有神的使者上去下来，雅各就将所枕的石头立作柱子，浇油在上面，并给这地方起名为"伯特利"，希伯来语中意为"神殿"。据《创世记》第 35 章记载，神后来又启示雅各，让他去伯特利筑一座坛献给神。神让他从此以后不要再叫雅各，要改名为以色列，应许他会生养众多，而且将来有一族和多国的民众从他而出，又有君王从他而生。雅各就在那里又立了一根石柱，并在柱子上浇奠。

2. 根据《创世记》第 29 章记载，雅各是在田间的一口井边遇见他舅舅拉班的女儿拉结的。拉班有两个女儿，大女儿利亚眼睛无神，小女儿拉结生得俊秀。雅各深爱拉结，甘愿为了娶她为妻而服侍舅舅十四年。拉结最后因难产，死于从伯特利前往以法他（就是伯利恒）的途中，诞下了便雅悯。

以色列的妇人和姑娘

以色列的妇人和姑娘，
种满合欢树[1] 的土地
在你们的泪水边绽裂——

你们在厨房烘烤撒拉的蛋糕[2]
因为总有另一人等在门外！——
称量，因缘已提前称过，

搅拌，命运已搅过
还有农人带往终局的东西。
土地的渴望伸向你们，

打开的香料盒散着甘馨。
曾经隐密生长的风茄果[3]，
自流便在麦田里找到它，

就再次被你们的爱染红。

通往永恒途中的重大转折

是荒漠,细沙早已开始填充

月时的沙漏,

上帝行者掩埋的脚印上

悬浮着呼吸,干枯的泉脉

充盈着肥美——

因为影子划过你们黄玉般的脸庞,

以色列的妇人和姑娘,

带着对女人的祝福——

(1948 年春)

1. 原文为"Schlafstrauch"，即"睡眠灌木"，或指合欢树，因为它的叶子一到夜晚就会闭合到一起。在德语中一般称其为"丝绒树"（Seidenbaum）或"睡眠树"（Schlafbaum）。在犹太教传统中，也用合欢木造约柜及帐幕。

2. 据《创世记》记载，耶和华曾以三个使者的形象向亚伯拉罕显现。当时天气正热，亚伯拉罕坐在帐棚门口，看见这三人，立刻俯伏在地，邀请他们在此歇息。亚伯拉罕立刻吩咐妻子撒拉做饼。

3. 风茄，也称曼德拉草，或曼陀罗，是一种多年生的草本植物，叶子为锯齿状，根部呈人形，在诸多古代文明中都被认为具有强大的魔力。风茄的每一部分都有毒性。据《创世记》第 30 章记载，雅各和第一位妻子利亚生的长子流便在田里找到了风茄，就拿来给母亲。利亚的妹妹拉结（即雅各的第二位妻子）也想要风茄，就提出用当夜与丈夫同床的权利拿来交换风茄。而那一夜，利亚再次怀孕。萨克斯在这里使用的不是风茄的德语名字"Alraune"，而是希伯来语词源的"Dudaim"，意为"爱的果实"。

晃着摇篮的母亲

晃着摇篮的母亲

在她们头顶,牧人星座

入夜时又绽露花枝

把朝向上帝的永恒变迁

唱入孩子温暖的睡梦

自圣殿焚毁[1],迷途中

流离失所数千年

奈何砂时计里的尘埃

在孩子的小床上

越冬的树木抽出嫩芽

带着全新的庄严。

(1948 年春)

1. 公元前587年,南国犹大被巴比伦国击败,耶路撒冷的所罗门圣殿(即第一圣殿)被尼布甲尼撒二世摧毁。公元70年,重建后的第二圣殿又在犹太战争中被罗马帝国的提图斯摧毁。

荒漠中的你们

荒漠中的你们

弓着背

寻找隐秘的泉脉——

于太阳的婚宴之光中——

和祂倾听新孤独里的孩子——

你们的足迹

步出渴慕

走向睡海——

你们的躯体

将昏暗花瓣的影子

投在刚刚奉献的土地上

星辰与星辰之间

开始了测计时间的对话。

（1948 年春）

在奥秘中[1]

哦，我的母亲[2]

哦，我的母亲，

我们住在一颗孤星上——

最终悲叹出

遇死者的叹息——

多少次你脚下的沙消失

留你孤身一人——

你躺在我的臂膀中

尝到了这奥秘[3]

以利亚也经历过它[4]——

那里沉默言说

生死进行

元素组合迥异——

我用臂膀抱住你

好像木车拥着升天者[5]——

哭泣的木，

因诸多变迁而折断——

哦，我的归乡人，

奥秘随遗忘愈合——

可我听见新的奥秘

在你漫溢的爱里！

（1946 年 11 月 12 日前）

1. 萨克斯在 1948 年 3 月 10 日致库尔特·品图斯的信中写道："还有我最亲爱的人——我重病的母亲。我最近的一组诗《在奥秘中》就是献给她的。因为几乎每一天夜里,我都与她一起走在生死边缘,这是一场漫长的操练。"她在 1950 年 2 月 26 日致瓦尔特·木施格(Walter Muschg)的信中写道："我在八天前,也就是在我母亲死后,收到了您美好的来信。现在我无法告诉您更多。《星辰暗淡》中有几首诗,描述了我与她漫长的告别,她是我在地球上最珍贵的、最后的宝藏。现在的日日夜夜只是滚烫的思念之途。"

2. 在 1962 年 6 月 23 日致本特·霍尔姆克维(Bengt Holmqvist)的信中,萨克斯写道："我亲爱的母亲自青年时期就饱受胆结石绞痛的折磨,日日夜夜都忍受着严重的发作。后来又发展出脑部的痉挛,会出现癫痫式抽搐,失去意识。当她醒过来后,时常对我说:'你看上去那么苍白,其实我感觉挺好的。明天我们再去散步吧。'我没办法阻止她,我们就去散步了,她半途就倒在我怀里,在赖默斯霍尔姆或其他什么地方。我只能孤独地抱住她。"

3. 在 1963 年 7 月 30 日致埃里克·林德格雷恩(Erik Lindegren)的信中,萨克斯写道："我的母亲是我在尘世所拥有的人中最爱的一个。她在过去的一年中饱受一种怪病的困扰,发作后有类似癫痫的症状,我常常在散步时孤独地用臂膀抱住她。她已经在望向另一个世界了。"

4. 据《列王纪下》记载，以利亚和以利沙正走着说话时，天上突降火车火马将二人隔开，以利亚就乘旋风升天而去。这一场景颇似注释 1 和注释 2 中提到的萨克斯与她虚弱的母亲散步的场景。

5. 这里可能一是影射上文中提到的以利亚升天，二是影射驾驶日车的太阳神赫利俄斯。

你坐在窗边[1]

你坐在窗边
天在下雪——
你的发是白的
还有你的手——

但在你苍白面孔上的
两面明镜中
夏日还存留：
土地，为了升至隐形的草地——
水槽，为了去往夜晚的冥狍[2]。

但我哀叹着沉入你的苍白，
沉入你的雪——
生命如此悄然地从中离去，
如同一段念到尾声的祷词——

哦，在你的雪中入睡
带着尘世气焰的所有苦难。

你头部的温柔线条

已继而沉入海之夜

向着新生。

（1946 年 11 月 12 日前）

1. 1948年夏,萨克斯和她母亲一起搬到了位于贝尔格松德海滩(Bergsundsstrand)23 号的一户更高、也更明亮的居室。在 1948 年 8 月 14 日致古德伦·丹纳特的一封信中她写道:"设想一下吧,亲爱的,我们正坐在紧靠(甚至是两片)海滩的小屋子里,从窗户能看到海,落日西沉。现在正是周六,外面有许多帆船和摩托艇。我时常想到默里克(Eduard Mörike)的魔力灯塔,我们正是这样从上俯看着潮水。更远处是森林的边缘,虽然我们到不了那里,却能眺望得到。"

2. 原文为"Schattenreh",是萨克斯的自造词,由"Schatten"(影子,阴影)与"Reh"(狍鹿)组合构成。德文中用"Schattenreich"一词指冥府、阴曹(直译为"影子的国度"),所以这里译为"冥狍",与上文"升至隐形的草地"一般,分别指代已经渡往死界的植物与动物。

当日头变空

当日头变空

在黄昏时分，

当没有图像的时间开始，

寂寞的声音联结在一起——

动物不过是捕猎者

抑或猎物——

花只不过是香气——

假如一切都无名，一如始初——

你走进时间的地下墓穴，

大门正为临近终点者敞开——

在心芽向着黑暗的内里

萌发生长之处——

你坠落——

与死亡擦肩

它只是风哮的通道——

从终结点刺骨地

张开你的双眼

那里已映照着

一颗新星的光亮——

（1948 年冬）

你的目光在傍晚展开

你的目光在傍晚展开

跨过午夜向外看——

我在你面前成了叠影——

绿芽从枯萼中升起，

房间里的我们分属两个世界。

你已远远超越了

此处的死者。

你晓得有花蕾绽放

自谜一般皲裂的大地。

如同母体中的未生者

头上还带着原初之光

目光无涯

从星到星——'

于是终点流向起点

如天鹅的哀鸣。

我们在同一间病房。

而夜晚属于天使!²

（1946 年 11 月 12 日前）

1. 这几句诗中出现了 1927 年出版的马丁·布伯《哈西德之书》中的一些母题。哈西德是犹太教中尤其受到神秘主义影响的一支。布伯的祖父是当时东欧最重要的哈西德传统学者之一,布伯后来将许多哈西德传统作品翻译成德语,集结成《哈西德之书》。萨克斯的藏书中就包括 1949 年修订版的《哈西德之书》。萨克斯在 1946 年 5 月 23 日致贝伦德松的信中写道:"我读到了头上戴着上帝光辉的未生者形象。这形象出自《光明篇》。此外还有一些蒙恩者,他们的目光拜这种原初之光所赐,可以从世界一极望向另一极而不中断。"1947/1948 年,萨克斯查阅了胡戈·贝尔格曼关于"当代神秘主义"(Mystik der Gegenwart)的讲座,并在 1947 年 12 月 18 日的信中感谢贝尔格曼这些关于布伯的讲座。

2. 萨克斯在 1946 年 5 月 18 日致古德伦·丹奈特的信中写道:"现在,我的一天被分割为护理、家务、翻译和自己的创作。你会发现,如果夜里不工作根本干不完。我自己的东西几乎全部是在夜里写的,为了不打扰到我母亲,我几乎在黑暗中工作。但是上帝与我同在,赋予我语词。"

然而在黑夜

然而在黑夜，
一阵风之间
梦就将四壁与屋顶掀开，
开启了朝向死者的旅途。
你在星球的尘埃中寻她——

你的渴念筑造起你的姐妹——
用暗中坚守她的元素，
你将她引入
直到她在你的床上舒了口气——
兄弟却在拐角处离开
她伟岸的丈夫已经来到
此刻谦卑使你沉默——

可接着——是谁中断了旅程——
开启了归途——
你就
好像小孩子在这地球

受到惊吓的哀叹——
死者的死亡随着屋顶
倾塌——
我的头掩护在你的心上
爱——在你与死亡之间——

曙光即至
播撒着太阳通红的种子
黑夜痛哭一场
步入白昼——

（1948 年冬）

往何处,哦,往何处

往何处,哦,往何处

渴念的寰宇

你暗中施魔

让幼虫展翅,

用鱼鳍

始终描绘水深处

的原初

只有一颗心

能够丈量深度,

用悲悼的测锤。

往何处,哦,往何处

渴念的寰宇

连同梦中失去的土地

连同躯体炸裂的血路;

折起的灵魂

在冰冷的死亡面具下

等待新生。

(1948 年 10 月 4 日前)

也就是说:《妥拉》[1] 中诫命的数量符合人骨的数量,
禁律的数量符合血管的数量。
因此,整个律法就藏在整个人类肉身之中。

哈西德之书[2]

奥秘中一切皆福佑
而[3] 言词释放出
分配着呼吸的寰宇,

像面具般用避让的一边
保护着娩出星辰的黑夜。

奥秘中一切皆福佑
并从生命源头
生出渴念

透过造物。
建立名字
如沙土中的池塘。

奥秘中一切皆福佑
且筋骨度过诫命的神奇数字

且血管里的血流尽

如落日
曾在痛苦中逾越了戒律。

奥秘中一切皆福佑
且生命来自记忆
且死亡因遗忘而恐惧。

且约柜引领抬它的人
跨过约旦河⁴，因为元素
赐兄弟姐妹圣书的祝福！

而石头的心
装满了流沙⁵，
午夜在此寄存
埋葬的闪电在此宿居

而以色列，为天涯而战
与星辰的种籽共眠
发沉重的梦，朝向上帝！

（1948 年 10 月 4 日前）

1. 《妥拉》在希伯来文中意为"命令，指示"，指《塔纳赫》中的前五部，即基督教中的"摩西五经"，是犹太教的核心。根据犹太教传统，《妥拉》中共有 613 条规定，其中包括 248 条诫命，365 条禁律。248 代表人类身体中骨骼的数量，365 则是一年的天数。

2. 参见《你的目光在傍晚展开》一诗的注释 1。萨克斯在流亡瑞典之前应该就读过布伯的《哈西德之书》。

3. 本诗共有十一行以"und"（和）开始，构成出一种无穷无尽的轮回感，在翻译中尽量以"而""且"等连词体现。

4. 根据《约书亚记》第 3 章记载，祭司利未人抬着约柜，引领以色列百姓过约旦河。耶和华指示约书亚，必须让约柜先于百姓过约旦河，因此诗中称是"约柜引领抬它的人跨过约旦河"。

5. 根据《约书亚记》第 4 章记载，以色列百姓过了约旦河后，耶和华指示约书亚从民中拣选十二人，每个支派一人，从约旦河中取十二块石头带去百姓夜里住宿的地方。这些石头就成为神带领百姓过河的纪念。

或如火焰

或如火焰
穿透我们的躯体去猎捕
仿佛躯体交织天体的
开端。

我们如此缓慢地逐渐明晰——

哦,多少光年之后
我们才紧扣双手祈求——
才匍匐跪倒——
并打开我们的灵魂
感恩?

(1948 年冬)

仿佛雾中的生命

仿佛雾中的生命

我们穿过重重梦境

射出七彩光茫的墙

我们彻底沉落——

可终究失去色彩,失去语词'

死亡的元素

在永恒的水晶盆里

褪去黑夜羽翅的所有秘密……

（1948 年冬）

1. 见 1960 年 10 月 20 日萨克斯在医院写给丹奈特的信:"这是一条内在的道路,一条我们所有人都必须走过的道路,这正是《雅歌》中所描述的神秘者的道路:我越过所有山岭,超越自己所有能力,直至来到父隐秘的力量边。在那里,没有声响我却能听见,没有光芒我却能看见,没有动静我却能嗅见,我尝到、感受到不存在的东西。在那里,我的心没有底,我的灵魂没有情感,我的精神没有形式,我的性情没有实质。"

原野上的天使

原野上的天使

你们松开源头，

在元素中播种预言

直至星辰的子房

变得饱满

死亡的卫星

吟唱下行音阶——

蒙着灰尘的守夜人

狂野地

向天空展臂

呼一声"上帝"

紫罗兰的泪水中

黑暗散着馨香——

原野上的天使

渴念必须经过

多少磨难的里程，才能

匆忙回到你们的乐土!

（1948 年冬）

谁知道,怎样魔幻的剧情

谁知道,怎样魔幻的剧情
在看不见的房间里上演?

多少誓言的火红玫瑰
在征夫的枪口绽放?

病人苍白的脸孔上
爱编织着怎样的网?

有人听见
自己在十字路口被点名

并赤手在神圣的队列里战斗。
哦,钻入空中的泉眼

先知的语词从那里啜饮,
掘土者突然解了他的渴。

哪些种子在血色星球成长

哪些苦闷歉收。

来自光明的神圣采摘。

高墙围住至黑的行动。

受难者的公墓

撕裂至上帝之根的受害者。

哦,看不见的城市

沉睡者在那里游荡——

梦者的脸构成了森林——

我们死后的真相里,你们会变成什么?

(1948 年冬)

蝴蝶[1]

怎样美的彼岸

绘入你的尘埃。

穿过地球的焰心,

穿过铁骨的地壳

将你递上,

以须臾[2]计量告别的织物。

万物的蝴蝶,

晚安!

生与死的重量

随着你的翅膀

沉落到玫瑰上,枯萎,

伴着朝向故乡逐渐成熟的光[3]。

怎样美的彼岸

绘入你的尘埃。

怎样的王族印记

在空气的奥秘中。

（1948 年冬）

1. 蝴蝶是萨克斯最喜欢的意象之一。在古希腊语中，"psyche"一词既可以表示蝴蝶，又有灵魂的含义。这种双重含义与蝴蝶在短暂的生命中实现破茧而出的灿烂变形有关。此外，"psyche"一词在古希腊语中还有"气息"之义，让人想到蝴蝶振翅所产生的微风。参见《亚伯拉罕》一诗注释7。

2. 蝴蝶的生命周期十分短暂，大部分蝴蝶只有一周的寿命。

3. "朝向故乡逐渐成熟的光"也是引领生命走向死亡的光，但在犹太教、基督教意义上，死亡俨然是一种归乡，一种圆满，是"逐渐成熟"的过程。

濒死者耳中的音乐

濒死者耳中的音乐——

当地球旋转的鼓点

在暴雨后轻声淡出——

当飞翔的太阳带着歌唱的渴念,

不带注释的行星携着奥秘,

月球死后的浪游之音

淌入濒死者的耳中,

旋律的罐子漫溢,蒙着耗尽的尘埃。

尘埃,向极乐的际遇敞开,

尘埃,使其本质升腾,

它的本质混入

天使与爱人的言谈中——

或许已帮助

重新点燃黑色的太阳——

因为万物一样死去:

星星抑或苹果树

午夜后只剩

兄弟姐妹的絮絮低语——

（1948 年冬）

图书在版编目（CIP）数据

沙粒与星辰：奈莉·萨克斯诗选：1940—1950 年
（瑞典）奈莉·萨克斯著；姜林静译.
—上海：上海三联书店，2023.7
ISBN 978-7-5426-7931-4

Ⅰ.①沙… Ⅱ.①奈…②姜… Ⅲ.①诗集-瑞典-现代
Ⅳ.①I532.25

中国版本图书馆 CIP 数据核字（2022）第 211486 号

沙粒与星辰
——奈莉·萨克斯诗选（1940—1950 年）

著　　者／奈莉·萨克斯
译　　者／姜林静

责任编辑／李天伟　邱　红
装帧设计／周周设计局
监　　制／姚　军
责任校对／王凌霄

出版发行／上海三联书店
　　　　　（200030）中国上海市漕溪北路 331 号 A 座 6 楼
邮　　箱／sdxsanlian@sina.com
邮购电话／021-22895540
印　　刷／上海展强印刷有限公司

版　　次／2023 年 7 月第 1 版
印　　次／2023 年 7 月第 1 次印刷
开　　本／889 mm×1194 mm　1/32
字　　数／70 千字
印　　张／9.375
书　　号／ISBN 978-7-5426-7931-4/I·1797
定　　价／68.00 元

敬启读者，如发现本书有印装质量问题，请与印刷厂联系 021-66366565